Martin Walser
Meßmers Reisen

Suhrkamp

Umschlagfoto: Sven Paustian

suhrkamp taschenbuch 3700
Erste Auflage 2005
© Suhrkamp Verlag Frankfurt am Main 2003
Suhrkamp Taschenbuch Verlag
Alle Rechte vorbehalten, insbesondere das
der Übersetzung, des öffentlichen Vortrags sowie der Übertragung
durch Rundfunk und Fernsehen, auch einzelner Teile.
Kein Teil des Werkes darf in irgendeiner Form
(durch Fotografie, Mikrofilm oder andere Verfahren)
ohne schriftliche Genehmigung des Verlages reproduziert
oder unter Verwendung elektronischer Systeme
verarbeitet, vervielfältigt oder verbreitet werden.
Druck: Nomos Verlagsgesellschaft, Baden-Baden
Printed in Germany
Umschlag: Göllner, Michels, Zegarzewski
ISBN 3-518-45700-4

1 2 3 4 5 6 – 10 09 08 07 06 05

I

Phantasie ist Erfahrung.

Ein Vogel pfeift einem Hund.

Einer, der noch liebte, wäre sofort der Größte.

Nirgends halten, gar bleiben.
Rasend weitertasten.
Aber auf Blütenblätter deinen Namen schreiben.

Ich bin auch freundlich. Und glaube gleich, ich
sei's nur vorerst.

Wir feiern die Folge wie einen Sinn.

Wenn man etwas so vorsichtig anfangen würde,
wie man ist, würde man es gar nicht anfangen.

Jetzt möchte ich wie der Seemann, bevor er aus-
fährt, Frieden schließen mit kommenden Stür-

men. Meine Wohlgesonnenheit kennt wieder einmal keine Grenzen.

Solange man noch unglücklich sein kann, kann man auch noch glücklich sein.

Meßmer prahlend: Ich tu gern, was meine Freunde von mir erwarten. Da ich nicht alles tun kann, kann ich nur befreundet sein mit solchen, die von mir erwarten, was ich tun kann.

Zuletzt versucht man doch noch – wenn auch jetzt mit nicht mehr ausreichenden Kräften –, was man immer verschmähte: etwas Wunderbares zustande zu bringen.

Ich brauch keine Rätsel. Lieber ehr' ich Bekanntes.

Es ist mir feierlich, nur weil ich lebe. Am liebsten ließe ich nichts vorkommen als den Wald.

Hör ich den Wind mir sagen, die Welt sei ganz hohl.

Dieser Tag will nichts als glänzen, die Bäume geben sich in Gold, nichts mehr ist verwunschen, durchsichtig sind wir, jeder seine Allegorie.

Jedes Jahr mahnt die Ostergeschichte alle Geschichtenmacher, sich nicht mit sich selber zufrieden zu geben, sondern in jeder Geschichte das Äußerste anzustreben. Warum tun wir es nicht? Wir verschieben es immer auf die nächste Geschichte. Bis es keine nächste mehr gibt. Es ist höchste Zeit.

Ich würde nicht atmen, wenn ich nicht müßte.

Der Regen strickt diesem Tag mit leisen Nadeln ein graues Kleid.

Gehen wie etwas, das sich nicht kennt. Wenn dir nichts weh tut, gibt es dich nicht. Bleib dir fremd.

Setz dir den Hut auf wie einem anderen. Lüg dich an.

Die Klage entspricht der Pracht des Augenblicks. Der Jubelnde versäumt.

Mein Körper weiß nichts von mir, ich von ihm nichts. Selten treffen wir uns. Nur wenn es einem von uns sehr gut geht oder sehr schlecht.

Tatsächlich ist die Identität am wenigsten problematisch beim Geschlechtsverkehr.

Scheintot ist nicht sein Fall, aber scheinlebendig.

Der Sprecher des Ausgebrochenen. Er muß alles darstellen bis zur Verständlichkeit. Das nimmt ihn mit. Er gehört dann zu denen, denen er verständlich sein muß. Aber am Ende spielt er mit einer Pistole. Aber er spielt.

Laß uns unters Wasser ziehen, wohnen in Algenstädten, auftauchen nur nachts.

Vergessensleistungen sind verlangt zur Fortsetzung des Lebens.

Ich sitze die Zeit ab in immer schnelleren Zügen.

Alles Gute. Und laß dich wieder mal sehen bei uns. Vielen Dank für deinen Besuch. Ich geh schon mal raus. Man hört direkt, wie froh der Mann ist, daß er gehen kann.

Zwei kleine Buben traben am Gangfenster vorbei, als wären sie auf einem Langlauf.

Die Frau hört dem jungen Bauhistoriker zu. Der redet dringlich auf sie ein. Er korrigiert andauernd Kapazitäten. Was die über römische Bauten in Dormagen, Xanten, Köln und Bonn verzapfen, ohne gesicherte Erkenntnisse, denn zwischen Zweihundertundsoundsoviel und Dreihundertachtundneunzig haben wir ja in Xanten überhaupt keine Reizschwellenhäuser.

Die junge Frau: Ich muß ehrlich sagen, der Gebrauch, den die Gebildeten von ihrer Bildung machen, ist oft vernichtend.

Der Raucher ist ein Kettenraucher. Er könnte eine an der anderen anzünden, aber er schaltet jedesmal das Feuerzeug dazwischen.

Husum ist weit, das hätte ich wissen müssen.

Wie weit muß man fahren, um fort zu sein?

Die Welt ist eine Entfernungsmöglichkeit.

Die Herren in der Ersten müssen meistens arbeiten, sonst können sie sich die Erste nicht leisten.

Die Angst der Versorgten ist größer als die Angst der Unversorgten.

In der Wirtschaft gibt es burden sharing.

Leute, die Macht haben, können sie schon dadurch ausüben, daß sie einen, über den sie Macht haben, warten lassen. Sie können ein Urteil ausdrücken durch nichts als Zeitverstreichenlassen. Sie versäumen es über Gebühr, einer Erwartung zu entsprechen, das genügt. Dann foltert sich der Ohnmächtige schon selbst. Das Tolle: Die Mächtigen wissen wahrscheinlich wirklich nicht, was sie tun. Das ist der Inbegriff der Macht, daß sie von sich selbst, auch wenn sie sich genießt, keinen Begriff hat.

Macht durch Lüge. Wenn man z. B. weniger zu wissen vorgibt, als man weiß. Das kann den anderen schon fast ausliefern.

Je mehr Macht jemand hat, desto weniger hat er zu verbergen, er kann sich »Wahrheit« leisten. Für den Unterlegenen ist es nicht nur eine Notwendigkeit, sondern auch eine Lust, dem Mächtigen etwas zu verbergen. Die Lüge wird von oben zur Sünde erklärt, um von den Beherrschten alles zu erfahren. Die moralische Berechtigung der krassen Lüge. Je verlogener desto besser. Die Lüge ist die Macht des Ohnmächtigen.

Ich gestehe: am liebsten sind mir Lügner, die mir zuliebe lügen.

Wer dich betrügt, ist wenigstens interessiert an dir.

Wenn man viel hat, glaubt man, mit wenig auskommen zu können. Die Illusion der Reichen. Man muß die fragen, die wenig haben. Nur die wissen, wie viel man braucht.

Solange man Geld verdienen muß, muß man sich beleidigen lassen. Das muß jeder.

Unwichtig ist man für einen anderen, es sei denn, der braucht einen gerade. Wie unwichtig sind mir die anderen, es sei denn, ich brauche sie gerade. Habe ich mir die Liebe zu Männern abgewöhnt? Es hat diese Liebe keiner erwidert. Keiner.

Wohin sich wenden, wenn man weg muß von sich?

Was willst du machen, wenn sich außer dir jeder für den Sohn Gottes hält.

Verkündigung. Tritt heute auf als Theorie. Der Auftritt im Namen von etwas, das mehr ist als man selbst. Sich aufplustern mit etwas, das mehr ist als man selbst. Wettbewerb im Sichaufplustern. Wenn schon Größe, dann im Kleinsein.

Transzendenz, die wirkliche Erbsünde. Säkularisiert tritt sie auf als Universalismus.

Die Geringfügigkeit unserer eigenen Erfahrung führt manche dazu, sich universalistisch zu geben. Je beschränkter unsere Erfahrung ist, desto allgemeiner wollen wir zuständig sein. Der Intellektuelle, besonders der vom Staat gehaltene, macht fast keine Erfahrungen mehr. Deshalb muß er religiös, das heißt welterlösend tendieren.

Die Gewißheitstonart ist die verlogenste. Wer sucht, der findet. Klopfet an, so wird euch aufgetan.

Daß Meßmer über seine Unvorbildlichkeit schweigt. Daß er nichts entwickelt gegen sich, obwohl er nicht mit sich einverstanden ist. Daß er ist wie alle anderen und doch anders angesehen werden will als alle anderen. Auch darin ist er wie alle.

Nichts Vorbildliches, Nachahmenswertes, überhaupt Nachahmbares. Das würde ihn von sich abbringen. Capito? Nichts, als was ihn er selber sein läßt. Das Gegenteil von Verkündigung. Entkündigung. Oder einfach: Kündigung.

Ihm war alles recht, außer er selbst.

Er leidet darunter, daß ein anderer ist wie er. Warum interessiert sich der für sich, anstatt für ihn.

Wie er erstarrt, wenn jemand von sich spricht, statt von ihm.

Anders als alle. Wie alle.

Ich muß die Luft anhalten, mich herunterstimmen, das Schlimmste für möglich halten. Ich halte das Schlimmste nicht für möglich. Der alte Fehler.

Reagan läßt Tripolis bombardieren. Von England aus gestartete Flugzeuge. 70 Tote. Man hat Reagan mit seiner Gattin ins Flugzeug steigen sehen, das ihn ins Wochenendquartier Camp David fliegen sollte. Da hatte er den Befehl schon gegeben. Er schon in Jeans.

Die Decke, die wir über das Grauen werfen, ist hauchdünn.

Mehr Erfahrung, als auf einen Standpunkt geht, macht man schnell.

Glaub mir, es hat zu meiner Zeit nicht mehr viel zu tun gegeben. Glaub mir nicht.

In mir gibt es keine Einigung. Sobald in mir eine Meinung auf sich aufmerksam macht, leuchtet in mir ihr Gegenteil auf. Es ist wie Notwehr.

Wenn man seinen Weg wüßte wie das Wasser. Aber wie der Wind weiche ich aus.

Ich vertue die Zeit, die meine Zeit gewesen sein wird. Aber erst, wenn sie vobei ist, wird sie das gewesen sein.

Wie erschöpfte Vergleiche kommen die Frauen und Männer aus dem Kaufhaus heraus. Die Farben lügen. Der Wind ist gekauft.

Der geradezu jubelnde Zugriff, sprachlich, wenn es um Genauigkeit beziehungsweise Ausdruck geht.

Dich in die Luft werfen, dich drehen in der Luft, seidenweich landen im reinen Gesang.

In der Oststraße um halb zwei ein zirka Siebenjähriger zu zwei anderen Siebenjährigen, alle drei mit Schulranzen: Ich geh' nich' in Arbeit, da gehsse in Arbeit dann kratzte ab.

Diese Woche wird verschenkt, die nächste wird vertan, die übernächste wird verkauft. Wenn sie jemand haben will.

Er hat keine Skrupel. Vor allem: Er weiß nicht, daß er keine hat.

Das war ihm dann auch im Theater aufgefallen, daß er für die auf der Bühne verurteilten Figuren mehr Sympathie empfand als für die wirklichen Helden, die Fabelhaften, die schlechthin Bevorzugten. Zu den Verurteilten zu gehören ist kein Vergnügen. Man hält es nur aus, weil es andere gibt, denen es ähnlich geht. Aber so sicher weiß man das nicht. Es gibt wenig bis keine Verständigung. Über nichts kann man sich so wenig verständigen wie über das Schlechte, Böse, Üble, Verurteilte. Nur die Guten sitzen an den rundesten Tischen und zählen einander ihre Unanfechtbarkeiten auf oder lassen sie sich von anderen aufzählen. Die Guten veranstalten Kongresse zur Feier ihres Gutseins.

Fortschreitender Stillstand.

Diese Müdigkeit hat mit jener, die sich nach Schlaf sehnt, nichts zu tun.

Die täglichen Schläge, zähl sie nicht. Schmier Schweigen auf die schmerzenden Stellen. Gönn der Gemeinheit keinen Namen.

Übertrieben alles, was sich nicht auf den Tod bezieht; was den angeht, kann man nur untertreiben.

Jeder Lebende ist wichtiger als jeder Tote. Die ungeheure Überlegenheit des Lebenden über Tote wird nur dadurch, daß der Lebende ein zukünftiger Toter ist, etwas eingeschränkt.

Nichts zu haben selber, das einen ausmachte, unverwechselbar, also beschenkt mit Notwendigkeit: das ist immer mein Befund, dem ich, aber unüberzeugt, zum Zeitvertreib widerspreche.

Die Entschlossenheit Entgegenkommender dreht mich förmlich um.

Im 2. Stock, rote Stahltüren in vier Richtungen. Ich nehme die Stahltür B. Im Gang dahinter soll die Abteilung untergebracht sein. Die vorletzte Tür rechts, meine Tür. Die vorvorletzte die des Chefs. Links die Seminarräume. Alle Türen petroleumfarben. Die Rahmen schwarz. Wände und Boden senffarben, ein bißchen gesprenkelt. Vier senffarbene Säulen deutlich links von der Mittellinie des Gangs. Der Professor ist de Sade-Forscher. Da in den deutschen KZ's ohne Lust gequält worden sei, läßt er die Quäler nicht als Sadisten gelten. Das seien lächerliche Kleinbürger gewesen. Er ist schlechthin antibieder. Wir ficken uns, aber wir lieben uns nicht. Sagt er.

Keine Fähigkeit mehr, das zu glauben, was du selber sagst. Mit einer Müdigkeit sondergleichen gehst du auf den Hörsaal zu. Schon wenn du das Hotel verläßt, wird diese Schwere spürbar und nimmt dann rasch zu. Während der letzten Schritte vor der Hörsaaltür hast du das Gefühl, du schleiftest Blei hinter dir her. In den Beinen und im Gesicht spürst du die Lasten am meisten. Diese Empfindung produziert förmlich die Vorstellung von dem von Schritt zu Schritt leichter werdenden, alle Hindernisse sieghaft überstürmenden Professor.

Der Hörsaal biegt sich um einen herum. Man hat nie den ganzen Saal im Blickfeld, muß sich drehen und wenden, um alle zu sehen.

Je öfter ich den Kafkatext lese, desto mehr kann ich mit ihm anfangen. Die Kraft, die ich in ihm durch Lesen und Wiederlesen wecke, ist auch von mir abhängig. Zuerst war ich nur beeindruckt, beglückt von der Größe Amalias. Wenn ich jetzt die Barnabas-Episode wieder lese, gewinne ich aus Amalias Haltung eine Kraft, die ich brauchen kann. Ohne die Amalia-Haltung käme ich mir jetzt sehr vereinzelt vor, sogar verschroben. Obwohl das Wichtigste des Amalia-Verlaufs die Vereinsamung ist, kann man sich, wenn auch in irdischeren Abmessungen, in einer Entwicklung, die auf Vereinzelung hinausläuft, durch Amalia bestätigt finden. Amalia will nichts mehr wissen. Sie dient nicht mehr mit Argumenten. Sie hat aufgehört, verständlich sein zu wollen. Was auch immer ihr über mich denkt, sagt sie (mir), es ist mir gleichgültig. Euer Meinen ist mir gleichgültig. Olga leidet. Olga häuft Leid. Sie leidet im Akkord. Möglichst viel pro Sekunde. Sie hofft, es gebe ein allerhöchstes Lohnbüro, in dem abgerechnet wird. Der höchsten Registratur entgehe nichts, hofft sie. Dieses Schielen hat Amalia hinter sich. Sie ist frei. So frei, wie man unter den Bedingungen der Negation überhaupt sein kann. Noch gibt es keine anderen Bedingungen. Alle sozialen Bedingungen negieren. Die besten Vorschläge für die Aufhebung dieser Bedingungen hat bis jetzt das Christentum gemacht. Und seine Folge: der Marxismus. Praxis nirgends. Ich habe lange genug – oder doch eine ganze Zeit lang – alles mögliche erfahren und gebe zu, daß die herrschenden Bedingungen in mir die Amalia-Tendenz favorisieren. Man wehrt sich natürlich. Aber immer weniger. Liebe Studentinnen und Studenten.

Zwei Stahlträger gehen durch dein Büro. Die Gründe dafür liegen außerhalb deines Büros. Die zwei willkürlich wirkenden Stahlträger machen aus deinem Büro einen unempfindbaren Raum. Die Wände sind gelb gespritzte Stahlplatten. Die Schränke sind aus grauem Stahl. Der Boden PVC. Dann kommt der Professor herein, über den du überall geredet hast. Und der ist sofort nichts als gewinnend. Also hast du immer alles falsch empfunden. Aber du hast doch ein schlechtes Gewissen gehabt, wenn du über den Professor schlecht geredet hast. Aber jetzt hast du zum ersten Mal das Gefühl, du habest kein Wort zuviel gesagt. Du stehst auf, gibst dem Professor die Hand und sagst: Dies ist einer der schönsten Augenblicke in meinem Leben, ich freue mich mehr, als ich merken lassen darf, auf unsere Zusammenarbeit. Das triumphierende Aufblitzen in den Augen des Professors beweist dir, daß du richtig reagiert hast.

Müßte ich jetzt, um wahr zu sein, andauernd lachen?

Candierte Ginger seien ein Aphrodisiakum, sagte der Professor. Dann nehme ich noch eins, sagte Meßmer.

Loben heißt, das, was man für einen empfindet, von dem trennen, was man gegen ihn hat.

Warum kann man nicht allen, die man hoch achtet, das gleich gut sagen? Manchen gönnt man einfach nicht, daß man sie so achtet.

Der Professor läßt Frauen auf sich urinieren. Der einzige Unterschied zwischen Männern, sagt er, sei: solche, die auf Frauen seichen wollen, und solche, die Frauen auf sich seichen lassen wollen. Meßmer spürte, daß es überhaupt nicht darauf ankam, solche Männer von solchen zu unterscheiden, der Professor mußte etwas aussprechen, was Meßmer nie vor anderen aussprechen würde, und das wußte der Professor: es ging nur darum, Meßmer spüren zu lassen, wie verklemmt beziehungsweise kleinbürgerlich er sei.

Er will jetzt keine Frau, aber er will, daß er eine will. Das will er so sehr, wie er vorher eine wollte. Die Sehnsucht nach dem Bedürfnis ist so heftig wie vorher die Sehnsucht nach der Frau.

Wen hast du gestern abend am meisten verletzt? Den Professor. Also den Mächtigsten. Also den, der die schönste Frau hat.

Die Frau des Professors hat den langsamsten Blick der Welt. Die läßt sich so viel Zeit, wenn sie einen anschaut. Daß ein Blick langsam sein kann, das hat man, bevor man von dieser Frau angesehen wurde, nicht gewußt. Und Ihre Frau ist also Artistin, sagte sie so langsam, wie sie schaute. Tierärztin, sagte ich fast triumphierend. Aber dann erbarmte ich mich. Ich gestand, daß ich selber gelegentlich gesagt habe, sie sei Artistin, weil sie doch als Tierärztin fast ausschließlich für die Tiere des *Zirkus Krone* arbeite, und diese Tiere seien ja alle ausnahmslos Artisten. Warum dann nicht auch deren Ärztin. Ich lächelte, hoffe ich, liebenswürdig. Und Ihre drei Söhne, sagte sie. Ja, sagte ich, der älteste wollte Sängerin werden, sah, daß er das als Mann nicht werden konnte, also ließ er sich in

Hongkong zur Frau machen. Und? fragte sie. Er hat, sagte ich, Deutschland vor zwei Jahren beim Grand Prix der Eurovision vertreten. Toll, sagte sie. Ja, sagte ich, ich bin sehr stolz auf ihn. Auf sie, sagte sie. Stimmt, sagte ich. Immerhin fragte sie jetzt nicht, was aus den anderen zwei Buben geworden sei.

Wie eine Frau verliert, wenn sie einen ganz bestimmten Mann hat. Zu dieser Frau kann man sich dann überhaupt keinen Mann denken. Außer sich selbst.

Ein Ehepaar, das über einander nie schimpft, ist unglaubhaft.

Soll eine Frau, auch wenn ihr nicht danach ist, so tun, als wolle sie um ihretwillen ihren Mann verführen? Sklavenleistung. Die Ehe als eintöniges Bordell.

Man nimmt anderen übel, daß man zuviel Unsinn geredet hat.

Wenn ich es wirklich eilig habe, benutze ich den Aufzug auch dann nicht, wenn ich damit schneller dahin käme, wo ich hin will.

Den Wunsch, am Kiosk Pornographie zu kaufen, kann ich mir wieder nicht erfüllen.

Das Geschlechtsteil der Frau ist das einzige, das nichts eingebüßt hat von seinem Reiz, seiner Gewalt.

Also gut, das Leben ist eine Wunde, die sich nicht schließen will als durch den Tod. Akzeptiert. Trotzdem dient jede Sekunde nur der Schmerzlinderung. Wundenschließung bei Lebzeiten, das ist die Utopie. Eine Empfindung, die kein Schmerz wäre. Oremus.

Ich bin fast außer mir. Auf jeden Fall kann ich nichts anfangen mit mir. Ein fremder Kerl fährt zu einem mir bekannten Ziel und Zweck. Außer diesem Ziel und Zweck haben wir nichts mit einander gemein.

Daß jemand anders ist, als er zu sein scheint. Daß
er sich verstellen muß. Und das aus gutem Grund.
So daß die Verstellung verständlich ist, ihm nicht
vorgeworfen werden kann.

Soll er zu Prinzessin Pygmäenbauch fahren oder
zu Elfe-die-Gans? Eine Scheinfrage. Natürlich
fährt er zu Elfe-die-Gans. Aber vorher muß er
noch wen oder was töten. Und sei's nur die Fliege
Surr. Kurz vor dem Einschlafen nieste er noch.
Oder schlief er da schon und träumte, er niese
und die Bettdecke und die Zimmerdecke höben
sich von der Kraft seines Niesens und senkten
sich danach rascher, als sie sich gehoben hatten,
sie fielen geradezu zurück auf ihren Ausgangs-
punkt. Das mußte er schon geträumt haben. Er
konnte sich einfach nicht mehr daran erinnern,
wann er das letzte Mal geniest hatte. Wer kann das
schon. Er sagte sich, als er, wieder wach, darüber
nachdachte, daß ein Mensch, der ja bald sterben
würde, die ihm noch verbleibende Zeit am besten
mit solchen Überlegungen verbringe. Etwas An-
gemesseneres für eine verbleibende Zeit konnte er
sich nicht denken. Er fühlte sich jetzt geradezu
glücklich, weil er spürte, daß er wieder einmal das
einzig Richtige getan hatte: Er hatte überlegt, ob

er zu Prinzessin Pygmäenbauch oder zu Elfe-die-Gans fahren oder die Fliege Surr töten oder darüber nachdenken sollte, wann er das letzte Mal geniest habe. Das hatte ihn schon wieder ein bißchen ermüdet. Er wußte, wenn er jetzt noch so lebhaft wie möglich an das Blatt denken würde, das er gestern in sich immer wieder auffangenden, geradezu wippenden Bewegungen, also gewissermaßen schaukelnd von einem Baum zu Boden hatte fallen sehen, dann würde ihn das, weil die Lebhaftigkeit seiner Vorstellung ihm das Kinn bis zur Nachzeichnung der immer neuen Wendungen des fallenden Blattes bewegen würde, so schön ermüden, daß mit einem baldigen Einschlafen gerechnet werden konnte. Er durfte nur nicht zulassen, in den immer wieder wippenden und sich auffangenden Bewegungen des Blattes ein Drama zu sehen, etwa das Sichweigern, zu fallen und zu verfaulen. Schon lieber Dösen. Pygmäenbauch, Elfe-die-Gans, Niesen, Dösen. Dösen, das war's überhaupt. Daß man, wenn man schon das Richtige gefunden hat, immer noch etwas Richtigeres findet.

Will denn mein Glück kein Ende nehmen? dachte er. Mehr mußte er, um ein weiteres Mal einschlafen zu können, nicht denken.

Sie ruft noch einmal an. Hingefahren. Die wie mit Steinen erzeugten Kehltöne. Als geschehe eine fürchterliche Überanstrengung. Aber darum kann es sich nicht handeln. So klein wie biegsam. Schaut zwischen ihren Beinen durch. So hoch nimmt sie sie, wenn sie ihm liegt. Sie liest in diesem Semester über Jugendprobleme in pädagogischer Sicht.

Sie hat versucht, ihn zu erreichen. Sie zappelt. Er macht ein paar Bewegungen. Sie will am Dienstagnachmittag am Telephon bleiben. Nicht aufs Klo gehen. Das ist die Krankheit. Abhängigkeit.

Du riechst doch so viel besser als alles, was du rauchst. Und er rauchte nie mehr. Vorher hat er es in jahrelangen Kämpfen nie geschafft, das Rauchen aufzugeben.

Sie fährt seine Umrisse im Abstand der Epithelbehaarung nach.

Nachher war er froh, daß er jetzt eine Zeit lang unbehelligt von dieser Biopflicht planen und denken

konnte. Rasch, rasch etwas getan, bevor schon
wieder aus den Marken des Leibes die Befehle
zum dümmsten Dienst der Welt donnern.

Der Blinde beugt sich vor, wenn er sich auf die
Bank setzen will, und stößt mit dem Kopf gegen
den niedrig hängenden Lampenschirm. Die Frau
ist unterwegs zu den Garderobehaken, um ihre
Jacke aufzuhängen. Der Mann meint, sie habe sich
schon gesetzt, und spricht zu ihrem Platz hin. Das
sieht sie, als sie auf dem Weg zum Tisch ist. Sie be-
eilt sich nicht, noch etwas von dem zu hören, was
er leise zu dem leeren Stuhl hin sagt. Sie nimmt,
sobald sie sitzt, seine Hand. Der Blinde ist natürlich auch einarmig. Man sieht ihm, sobald er mit
der lebhaften Frau spricht, nicht mehr an, daß er
blind ist. Wenn seine Frau spricht, schaut er sie
immer an, sozusagen.

Die meisten leiden ohne Gewinn.

Eine junge blonde Frau, die mit großen Schritten
ihren schwarzen Mantel bauschte.

Nicht, ob die Türken oder die Schweden uns leben lassen oder ob wir bei Stalingrad fallen oder bei Tobruk, sondern mit wem wir den Abend verbringen, die Nacht – das ist unsere Lebensfrage.

Schön, wenn man beim Ficken zu zweit ist.

Frauen konnten von ihm erwarten, daß er sich auf jede einstellte. Es ist keine Kunst, an jeden Menschen so zu denken, als gebe es nur ihn und sonst keinen auf der Welt. Jeder Mensch ist faszinierend. Von Frauen fasziniert zu sein ist für ihn schön. Jede ist einzig. Unvergleichlich. Er kann jede ganz lieben. Wenn überhaupt, dann ganz. Er könnte mit jeder sein Leben verbringen. Schade, daß er nur eins hat.

Du bist so zynisch, sagte der Junge am Nebentisch zu dem Mädchen. Als sie ihn darauf nur hart musterte, sagte er, um Verzeihung bittend: Das war jetzt der Wein.

Einer mit Glatze, blaurotem Gesicht, der seinen Koffer so über den Bahnsteig reißt und Bewegungen mit solcher Hast exekutiert, daß nur Todesangst als Motiv in Frage kommen darf. So reißt er auch die Fenster auf im Abteil. Er ist so gerannt, weil er der erste sein wollte im Abteil. Es tut ihm förmlich weh, daß ich ihn das Abteil nicht allein haben lasse. Und eben deshalb setz' ich mich zu ihm ins Abteil. Er bricht genau so auf, wie er hereingekommen ist. Er steckt das Buch rechtzeitig in die Tasche, bringt die Tasche dann aber nicht zu, drückt wie verzweifelt gegen die Schlösser, holt dann erbittert den Koffer herunter, das wirkt, als wüte er oder sei auf der Flucht, daß er dann, als er geht, im letzten Augenblick noch stehen bleibt und zu mir auf Wiedersehen sagt, überrascht mich, und noch mehr beschämt es mich. Es war also alles ganz anders.

Grünspanige Hohenzollern reiten auf der Brücke über den Rhein.

Der verspätete Schnellzug fährt so langsam, als müsse er jederzeit vor einem entgegenkommenden Schnellzug stoppen können.

Nur noch mitschreiben kann ich. Ein Fahrtenschreiber bin ich, mehr nicht.

Leben als Beruf. Huren, Schriftsteller und, falls sie es ernst nehmen, Pfarrer.

Je weniger er mit der gegründeten Religion anfangen konnte, desto mehr imponierten ihm Betende.

Laß doch anderen ihren Gott.
Grüße ihren Gott.
Oder sag, sie sollen ihn grüßen.

Keiner, mit dem man ins Gespräch kommt, sagt etwas Erlösendes. Komisch, daß man das ununterbrochen und unbelehrbar, also kindisch, von anderen erwartet, obwohl man selber andauernd unfähig ist, anderen etwas Erlösendes zu sagen. Angesichts dieser allseitigen Unfähigkeit gibt es nur ein Mittel zum Frieden: keinen Kontakt mehr. Friedhofsfrieden ist der beste.

Wenn man schon hört, daß einer etwas getan hat für einen anderen, dann hat er es für sich getan. Dann hat niemand mehr für sich getan als Jesus. Er hat für andere nur etwas getan, wenn sie ihn für den Sohn Gottes hielten. Das war und ist sein Preis. Mehr hat noch nie jemand verlangt. Und bekommen. Jesus, das ist der Name für die genialste Kalkulation der Weltgeschichte. So far.

Jesus hätte keinen Glauben verlangen dürfen, dann wäre er der Jesus, der er sein wollte.

Ein Portrait Augusts des Starken könnte zeigen, auf was es uns ankommt; was wir tun, wenn wir tun können, was wir wollen.

Auf meiner Haut gedeiht keine Wärme.
Selbst die Sonne weckt in mir nur Eis.

Meine Uhr geht wieder vor. Da sie Tag und Datum zeigt, beendet sie den Dienstag kurz nach Mittag und behauptet, es sei schon Mittwoch. Utopie: Eine Uhr erfinden, die rückwärts geht. Zu schreiben: Das Sekundenbuch. Untertitel: Gewinnsel.

Die elektrische Lok macht beim Einschalten ein Geräusch wie eine fauchende Wildkatze.

Zur Dicken ins Abteil geraten. Sie baut aus ihrer Tasche eine Mahlzeit auf, läßt Fruchtsaftdosen knallen, Brote sich aus Papieren entblößen. Nachts schnarchte sie, weil sie Katarrh hat, immer bis zum Ersticken, dann, nach einem jeweils letzten Röcheln, wieder ruhigere Atemzüge. Sobald sie wach war, hörte man aus ihrer Ecke das nasse Schlabbern der durch den Mund atmenden Erkälteten.

Fragen über Fragen. Warum bin ich so müde? Weil ich so interesselos bin? Oder bin ich so interesselos, weil ich so müde bin?

»Selbstmordforschung heute. Die Zahlen sprechen eine bittere Sprache.«

Das Stechen unter dem Rippenbogen gibt sich jetzt sehr gelinde. Wenn der Schmerz ganz verschwindet, willst du dann gefälligst glücklich sein?!

Wenn es einem schlecht geht, denkt man an das Leben. Wenn's einem gut geht, an den Tod. Die Waage.

Geh nur. Du kannst gehen. Sagt sie zu ihrem Mann mit fester Stimme. Er geht. Sie lebt unter einem Hut. Der große Dicke sagt immer wieder: Der Platz ist besetzt. Das hat er übernommen. Daß die Rentner im Gang auf Klappsitzchen kauern, darf ihn nicht kümmern. Er kann ja nicht zu dem, der in den Speisewagen geht, sagen: Ich halt Ihnen den Platz frei!, und dann hält er den Platz nicht frei. Wir sitzen eng um den freien Platz herum. Die unterm Hut putzt ihre Nägel mit einem langen Gerät. Dann öffnet sie vor uns allen eine Orange.

Unterwegs weiß er oft nicht, fährt er hin oder zurück.

Mehr gefrühstückt als sonst. Wahrscheinlich, weil er durch die DDR fährt.

Helmstedt 11/23 – Marienborn 11/33. »Der Zug hält nur zum Aussteigen.«

Der DDR-Schaffner wirft Polen raus. Auf den nicht hörbaren Einwand der Polen: Wir sind nicht in Polen, wir sind in Deutschland, raus, raus, raus, mit der ganzen Bagasch, dawai, dawai, ich hab's Ihnen jesacht, wir sin in Deutschland.

Der Zug fährt so langsam, als sollten wir besichtigen. Draußen der Charme der Verwahrlosung. Die Liebenswürdigkeit des Nichterneuerten.

Auf die bis zum Horizont reichenden Felderebenen schauend, sinniert ein Reisender: Die Hasen sterben aus. Durch die großen Felder. Die Hasen brauchen den Rain.

Bei Magdeburg starren geborstene Schienen immer noch rostig in die Luft. Wir rumpeln an Magdeburg vorbei.

Das einzig Angenehme hier: das Land gehört keinem Fürsten mehr. Aber wieder einer Macht.

Die westdeutschen Grenzpolizisten wirken im Vergleich mit ihren DDR-Kollegen wie Hobby-Angler.

Ein Mann kommt uns Herausströmenden mit einem Blumenstrauß entgegen. Offenbar hat er die, die er abholen will, schon entdeckt. Sein Gesicht ist eine einzige Verzerrung. Nur durch den Blumenstrauß wird diese Grimasse zu einem Ausdruck der Freude. Ein Messer in seiner Hand würde zu diesem Gesichtsausdruck genau so passen und ihn allerdings umwerten.

Ins Hotelzimmer kommen, sich in den nächsten Sessel fallen lassen, Beine ausstrecken, auf eine Stelle stieren. Die Bilder an der Wand beginnen zu kochen, weil sie nicht angeschaut werden. Bis Montag hier bleiben, dann ist der größere Teil des Honorars weg. Jeden Abend enttäuscht er die politischen Frager. Ich hätt mal direkt ne Frage … Aber sie kriegen ihn nicht mehr zu fassen. Die wirkliche, die einzige Anstrengung an diesem Abend, die Anstrengung, die aber dann auch gleich mehr Kraft fordert, als ein Mensch haben kann: In der ersten Reihe ein Professor, der auch während des Vortrags nicht aufhörte, mit seiner Nachbarin zu lachen und zu reden. Du mußtest immer und immer wieder hinschauen. Bis der dann aufhörte. Und du hast gesagt: Danke. Da stand der auf und verließ den Hörsaal. Und zwei Minuten später ging die junge, die sehr junge Frau auch. Und jetzt die äußerste Anstrengung: ihr nicht nachzuschauen.

Wenn alle gleichmäßig im Verkehrsstrom dahinfahren würden, könnte man sich daran wie an das Regengeräusch gewöhnen. Trotz der Ampeln. Aber immer wieder tritt einer aufs Gas, rast los, und jedesmal tritt er mir sein Geräusch in den Bauch. Der Portier sagt, das hätte ich wissen müssen. Dann hätte ich eben gleich im Grunewald buchen sollen. Ihm sei's egal, er habe voll bis oben hin. Aber so ne Wankelmütigkeit sei eben nicht schön. Rin in die Kartoffel, raus aus die Kartoffel.

Vis-à-vis die Baugrube und der Kran. Die Maschinen pfeifen, es ächzt das Material.

Der junge, zudringliche, andauernd in verbaler Erektion auf mich einredende Assistent hatte als Hauptthema, daß ich nie ernsthaft widerspreche, alles entschuldige, mit allem irgendwie einverstanden sei. Das erbitterte ihn förmlich. Er sei, sagte er, links. Ich lehnte immer noch kühler ab, irgend etwas NICHT gut zu finden, irgend einem Standpunkt zu widersprechen. Er merkte nicht, daß ich ihm dadurch andauernd widersprach. Er wollte ja, ich solle zu irgend etwas eine andere Meinung haben. Das lehnte ich ab. Dadurch hatte ich doch eine andere Meinung als er. Er merkte es nicht. Sauer war er und beleidigt, weil ich allem zustimmte, nur ihm nicht, der von mir verlangte, NICHT allem zuzustimmen.

Öffentlichkeit schmerzt. Vergleichbar dem Sonnenbrand.

Wenn man alles zusammennimmt, hat er mir viel weniger gesagt als ich ihm. Wieder einmal. Immer dasselbe Defizit in der Außenhandelsbilanz. Weil ich nicht warten kann. Weil es mir zu schnell peinlich ist, wenn keiner etwas sagt. Weil ich alles zu ausführlich beantworte. Weil ich glaube, ich sei verantwortlich für das Gespräch. So erfahre ich nie etwas.

Wenn einer dich umwirft in dem Augenblick, in dem du am schwächsten bist, zeigt er nur, daß er sich nicht stark genug fühlte, das zu probieren, als du noch stärker warst.

Ich kann mir meine Feinde nicht leisten. Wahrscheinlich bin ich gar nicht so feig, wie ich mir manchmal vorkomme.

Meßmers Utopie: Er stünde zwischen allen Wünschen und äße achtlos Zeug aus Silberpapier. So gesund wäre er, und nutzlos.

Die sind hier immer noch im Vokabularquirl Adorno.

Wenn jemand, der gerade einen augenöffnenden Diskussionsbeitrag liefert, seinen Kaugummi unter die Tischplatte klebt und ihn dort zurückläßt.

Einer, eine Art Riesenbaby, nach dem Vortrag, im Gang: Sie dramatisieren. Meßmer hätte sagen sollen: Stimmt. Er hätte sagen sollen, daß er die Zuhörer in dem ebenso überfüllten wie überheizten Raum am Wegwelken habe hindern wollen. Aber er sagte, weil der so breit Berlinisch sprach: Jetzt sprech ich gleich auch Dialekt, vielleicht versteh ich Sie dann besser. Der: Warum sagen Sie das so? Sie hätten ja auch einfach sagen können: Sprechen Sie doch, bitte, hochdeutsch. Der hatte recht. Dann fragte der noch: Wieviel verdienen Sie so pro Monat? Das *so* klang polemisch. Das Weite suchen, dachte Meßmer. Und als er draußen war, war er fast glücklich. Daß die Sprache so etwas parat hat und es dir im richtigen Augenblick anbietet. Das Weite suchen. Wie oft muß es Menschen ergangen sein wie dir.

Soll man sich wehren? Nein. Niemanden überzeugen. Auch nicht sich. Ohne Überzeugung leben. Tastend, nicht sehend.

Ich sähe mich gern anders, als ich bin, werde aber dadurch nicht so, wie ich mich gern sähe.

Man nimmt, was man kriegt, und ist zufrieden. Man ist eine Erfahrungswaschanlage.

Wenn sie etwas fragen und schon, bevor man geantwortet hat, etwas Neues anschneiden, merkt man, daß sie, was sie fragten, gar nicht wissen wollten. Oder sie haben den Eindruck, man könne ihnen nichts mitteilen.

Ich sage immer mehr, als man mich gefragt hat. Ich meine immer, der Fragende wolle es so genau wie möglich erfahren, und rede und rede und vergesse ganz, daß der Fragende nur gefragt hat, um auch etwas zu sagen. Durch mein Reden hindere ich ihn daran, auch etwas zu sagen. Er muß ärgerlich sein auf mich. Ich aber dachte, er müsse mich lieben, weil ich mich bis zur Erschöpfung angestrengt habe, seine Frage zu beantworten.

Glienicker Brücke. Brücke der Einheit. Steinstük-
ken. Die Mauer ist also aus drei auf einander gestellten Betonplatten gebaut. Auf der Mauerkrone
noch ein Zementrohr, mit Eisenbändern auf der
Mauer fixiert; offenbar, um greifenden Händen
keinen Halt zu bieten, daß sie abrutschen müssen.
Die Vorstellung, daß sich das auch nur ein einziges
Mal bewähre. Das Menschenmögliche.

Zwei haben dich beleidigt, gleichermaßen un-
unterscheidbar tief beleidigt. Dem einen trägst du
es ewig nach, den anderen liebst du längst wieder.
Du kannst dir seine Beleidigung buchstabieren,
wie du willst, du liebst ihn. Absichtslos, rückhaltlos. Er kann also machen mit dir, was er will? Das
liegt an ihm.

»Ich habe nie eine Beleidigung auf dieser Welt verziehen.«
Heinrich Heine

Stich und Druck begleiten dich durch ein Leben,
das schwankt, als stürze es jeden Augenblick.

Dr. von Wolf findet nichts in meinem Bauch und Blut. Also bleibt mein Bauchweh ohne Namen. Um so besser.

Eine Berühmtheit (vor allen) zu Meßmer: Sie wollen die Deutschen retten. Offenbar haben Sie den Verstand jetzt völlig verloren. Die Deutschen sind alle Nazis. So einfach ist das. Ihre einzige Chance: Sie sagen diesen meinen Satz nach: Die Deutschen sind alle Nazis. Dann sind Sie selber, obwohl Sie ein Deutscher sind, keiner. Wenn Sie aber sagen: Die Deutschen sind nicht alle Nazis, dann sind Sie einer. Ja, mein Herr, Wichtiges ist immer einfach. Wer sich nicht einfach ausdrückt, hat nichts zu sagen.

Es war Meßmers Glück, daß die Berühmtheit dann nur noch über den Zusammenhang einfach / wichtig sprach. Zum Glück erwartete die Berühmtheit nie, daß einer, der so angesprochen wurde, auch etwas sage. Wenn jemand der Berühmtheit dreinredete, unterbrach sie den, sagte dem ins Gesicht: Jetzt seien Sie doch nicht so geschwätzig. Es war bekannt, daß die Berühmtheit nach einem Abend, an dem jemand versucht hatte, etwas zu sagen, überallhin telephonierte und erzählte, sie, die Berühmtheit, sei den ganzen

Abend lang so gut wie nicht zu Wort gekommen. Dann mußte jeder Angerufene sagen, er habe schon gehört, daß außer der Berühmtheit keiner zu Wort gekommen sei und das sei gut so, denn keiner könne so gescheitschön reden wie die Berühmtheit, die Mitrechtberühmtheit.

Wer sich gegen Schuld nicht wehrt, empfindet sie nicht.

Wie mit dieser überall gegenwärtigen deutschen Minderwertigkeit leben?

Schuldfähigkeit ist die höchste Fähigkeit, zu der ein Mensch sich entwickeln kann.

Wie lange muß etwas her sein, bis es erträglich wird? Es gibt zu wenig Zeit.

Schlimm war der Traum in der ersten Nacht nach dem Zusammenprall mit dem Berühmten. Im Traum blieb der Berühmte vor Meßmer stehen.

Das sah aus, als sei noch etwas zu machen, und Meßmer war sofort bereit. Er war sogar gerührt und dankbar. Der Berühmte hatte eben doch einen guten Kern. Ein Unmensch wird einfach nicht so spitzenmäßig berühmt. Mein Gott, kommt der extra noch einmal bis auf zwei, drei Meter her. Dem hatte er wirklich unrecht getan. Also, rief der Berühmte. Ja, sagte Meßmer, es freut mich mehr, als ich sagen kann. Und? rief der Berühmte. Jetzt merkte Meßmer, daß er sich unterwerfen sollte. Einfach unterwerfen. Prosterni necesse est. Kapitulieren sollte er. Unconditional. Der Berühmte wartete noch. Sein niemals zur Ruhe kommender Lippenwulst zuckte schon und bebte. Konvulsivisch, dachte Meßmer noch. Dann eben nicht, rief da auch schon der Berühmte und ging böse weg. Meßmer schrie hinter ihm her. Seine Enttäuschung schrie er, seine Wut, seinen Haß. Und hoffte, der Enteilende habe ihn nicht mehr gehört.
Als Meßmer aufwachte, meldete sich sofort dieser Traum. Ihm war, er sei dadurch, daß er von dem Berühmten geträumt habe, durch und durch beschmutzt, und nicht nur für diesen Tag.

Außer im Moralischen herrscht in allem Notwendigkeit. Das muß am Moralischen liegen.

Schwäche macht einen moralisch. Sobald man am Zusammenklappen ist, traut man sich keine Gemeinheit mehr zu. Aufheulend, möchte man gut sein. Aber es ist schon zu spät. Man wird noch rasch hinein- und hinabgerissen in die Vernichtung, die denen beschieden ist, die nicht stark genug sind für Gemeinheit und Untat. Der kläglichste Fall: einer, der zu schwach ist, etwas Böses zu tun, und es doch tut, also scheitert. Ein erfolgloser Bösewicht, der reine Jammer.

Wie einer immer und auch öffentlich gegen etwas redet, dem er privat verfallen ist. Wer ihn kennt, hält ihn für einen widerlichen Heuchler. Keiner merkt oder weiß, daß er wirklich gegen das spricht, was er tut, eben, um davon loszukommen; auch, um sich zu verurteilen, festzulegen, zu hindern. Aber es gelingt ihm nichts gegen sich, außer daß er gegen sich redet.

Einziehen, schließen, falten, keine neuen Farben. Eben leben, keine Steigerung, den Fall nicht nähren, nur Schnüre entwirren und sorgsam enden.

Kaum erlebt einer, wie verraten er ist, kommt er sich gleich als König vor.

Niemand ist so frei wie der Verachtete.

Der Unterlegene muß dem, dem er unterlegen ist, zustimmen. Das ist der Tribut. Das ist der Grund aller Geschichtsschreibung.

Meßmers Lebensfreude: Wenn der, der sich über ihn mächtig fühlt und ihn dem entsprechend behandelt, wenn der von einem noch Mächtigeren eins draufkriegt.

Sind Sie jetzt nicht mehr dafür, daß jeder glücklich und tausend Jahre alt wird? Doch, aber ich weiß nicht mehr, wie das zu machen wäre. Haben Sie das je gewußt? Nein, aber ich habe geglaubt, daß ich's wüßte.

Wenn mich jemand fragt, wie der neueste Krieg auf mich wirke, sage ich es. Ungefragt nicht. Ich will einem anderen den neuesten Krieg nicht erträglicher oder weniger erträglich machen.

Tartuffe neu als linker Bekenner. Das waren noch Zeiten, als die Heuchler rechts waren.

Solange man noch Zeitung liest, ist einem nicht zu helfen.

Nichts, was mir wichtig ist, ist links oder rechts.

Das Axiom des Kritikers: Jedes Buch ist schlecht und muß das Gegenteil beweisen.

Diese Opernfoyersprache der bürgerlichen Kritik für die Krankheitsberichte anderer.

Richtlinieneifer. Die oben sind, behandeln uns von oben herab. Kein Unterschied zu denen, deren Talare sie 1968 schmähten. Nur die Mode hat gewechselt.

Sittenwächter, lebend vom Reklamebordell.

Macht ist immer Macht über andere. Trotzdem gibt es Leute, die Macht haben wollen.

Jede Nacht die Erschießungskommandos, die ihn aus der Zelle zerren und ihn dann auf dem Weg zur Mauer treten und schlagen, weil sie finden, das Erschossenwerden gehe zu schnell, sei zu wenig Strafe für einen wie ihn. Befehligt werden die Kommandos jede Nacht von einem anderen. Diese ihre Männer anfeuernden Befehlshaber stellen sich jede Nacht, bevor sie ihn hinauszerren lassen, vor. Er kennt diese Befehlshaber natürlich, es sind ja überaus prominente und durchweg ehrenwerte, zum Teil sogar ehrwürdige Männer. Daß sie nachts Erschießungskommandos befehligen, würde man ihnen am Tag überhaupt nicht zutrauen. Es ist ganz klar, daß sie das nur tun, weil er es ist, der erschossen werden muß. So soll zum Ausdruck gebracht werden, soll ihm beigebracht werden, was er für einer ist. Nichts als tadellose Männer, die allesamt Gegner der Todesstrafe sind, müssen nachts seinetwegen Erschießungskommandos befehligen. So weit ist es durch ihn gekommen. Das soll er sich, kurz bevor die zwölf Schüsse wie ein einziger Schuß fallen, durch den Kopf gehen lassen. Das wirkt, als müsse er sich bei jedem, der ein Erschießungskommando gegen ihn befehligt, entschuldigen. Und eben das will er ja, wenn die Zellentür aufgerissen wird und im Licht der für das unentbehrliche Fernsehen nötigen Scheinwerfer hereintritt dieser und jener hohe Präsident oder Professor oder Lyriker gar, und jeder kommandiert in seiner köstlichen Sprache, der man doch nur gehorchen kann. Der gefügige Delinquent will sich also jedesmal dafür entschuldigen, daß seinetwegen dieser und jener tadellose Herr seine Nachtruhe opfern muß, nur um ein Erschießungskommando zu befehligen. Aber schon bevor er den Mund zur Entschuldigung aufbringt, packen ihn jedesmal die Männer des Kommandos, zerren ihn hinaus, treten und schlagen auf ihn ein, weil eben das bloße Erschossenwerden eine zu geringe Strafe wäre für ihn. Die Befehlshaber bemühen sich, diese Ausschreitungen nicht zur Kenntnis zu nehmen. Und eben das tut der Delinquent, so gut es gehen will, auch. Und dieses Nichtzurkenntnisnehmen der pöbelhaften Ausschreitungen ist dann doch noch eine allerletzte Gemeinsamkeit dessen, der erschossen werden muß, mit denen, die ihn erschießen lassen müssen.

Ich bewundere Menschen, die wenig Zustimmung brauchen.

Rohzustand will ich sein, ungelenk, brechen, brennen, weggeräumt werden müssen, den Feinden eine Arbeit, überhaupt eine Klimaverschlechterung.

In Mali imitieren die Trauernden Schreie von Neugeborenen, das heißt, so schreie jetzt der Tote in der neuen Welt, in der er jetzt ist.

Wir schlagen einander, als wären wir beauftragt.

Du, der du dich
über mich beugst,
mitleidlos

erkenne dich selbst
in mir.

Ich bin nicht, der ich bin.

Irgendwo stehen, wo Caspar David Friedrich ihn
von hinten gemalt hätte.

Muß er sich eingestehen, wie verletzt er ist? Oder
spielt er besser den Unerreichbaren?

In Häusern auf Höhen, eigentlich makellos, und
hätten nicht zu klagen, wir, als Befreite, die tüchtig
sind im Gelernten, Erlaubten, Gleichgültigen,
spuckte nicht einer auf den anderen.

Zerstörbarkeit. Es gibt keinen Schutz. Keine
Trennwand zwischen innen und außen. Es ist
schon eine Illusion, eine typische Sprachillusion,
von innen und außen zu sprechen.

Im Kopf Gelichter, unbeherrschbar, quälend. Ihn quälend. Angesetzt auf ihn. Unzählbar viele Fledermäuse. Schweinegrunzen. Schreie wie aus Blech. Elektrisches Geknister. Etwas verbeißt sich in etwas.

Alles mit dem Schlimmsten impfen. Das Schlimmste wirkt, hofft man, als Wahrheitsserum.

Da alle mit Kampf- und Bedeutungsmasken auftreten, glaubt man, nicht bestehen zu können, wenn man sich gäbe, wie man zu sein glaubt. Man sagt lieber: Keiner hat etwas zu sagen! Als: Ich habe nichts zu sagen. Es sei denn, ich dürfte von meiner Nichtigkeit sprechen, von meinem bloßen Dasein, meinem windigen, bedeutungslosen Dasein. Nimm die Sprache, schieb's auf sie. Sie ist voller Prozeduren, die zurückgeblieben sind von solchen, die sich wichtig genommen haben, bis zum Schluß. In deren hinterlassenen Sprachkleidern haben wir von Anfang an das Rechthaben, das Wichtigsein geübt.

Er lebt von der Unausführbarkeit seiner Pläne.

Ein Lautgeschmier dringt in einen ein, in jenes Innere, das man Seele nennt. Eine verschmierte Seele kriegt man da.

Wir sind gebogen worden von eurer Gewalt.

Und so war es immer: Je illegitimer, um so legaler. Fremd stehen wir uns selbst gegenüber. Abschätzig reden wir über uns. Das Interesse an uns haben wir verloren. Ihr könnt jetzt machen mit uns, was ihr wollt.

Wir werden uns nicht wehren, nur hinterlassen, was dem Sieger zum Spiegel wird, wissend, daß Siegen blind macht.

Ich möchte so müde sein dürfen, wie ich bin.

Bin ich deprimiert? Überhaupt nicht. Nur niedergeschlagen. Von wem?

Niveau wird durch Level ersetzt. Uns kann's egal sein.

George Berkeley: Few men think, but all will have opinions. Zitiert Schopenhauer in seiner »Welt als Wille und Vorstellung«.

Er fährt immer noch herum und sucht und kauft Hölzer, mit denen man die schönsten und tüchtigsten Schiffe bauen kann. Das hat er immer getan, nur, früher hat er Schiffe gebaut. Jetzt stapelt und stapelt er die prächtigsten Hölzer, aber er baut kein einziges Schiff mehr. Das Auslesen und Kaufen der Hölzer und das Stapeln dieser Hölzer so, daß sie vor jedem Verderb sicher sind, beschäftigt ihn jetzt, wie ihn früher das Bauen der Schiffe beschäftigt hat. Er entwirft die Schiffe noch bis ins Detail, gibt ihnen die richtigen Namen, aber er baut sie nicht mehr. Aber hat vor, sie zu bauen. Er hat es überhaupt nicht aufgegeben, Schiffe zu bauen. Er kommt jetzt nur nicht mehr dazu.

In Opposition bis zur Bewegungslosigkeit. Man müßte sich an jemanden wenden können. Aber der sogenannte Stolz erlaubt das nicht. Das Übel hat so widerwärtige Namen, man brächte sie einem anderen gegenüber nicht über die Lippen. Das Übel ist ein vollkommen verurteiltes. Es ist verurteilenswert in jedem Grad. Es ist verächtlich. Unerwähnbar. Man könnte nur mit einem darüber sprechen, der vom selben Übel befallen ist, den man aber deshalb, selbst wenn man sich anstrengte, ihn nicht zu verachten, nicht ertragen würde. Lieber bleibt man allein und in der Gewalt des Übels und verheimlicht weiter mit aller Kraft, wovon man durch und durch beherrscht wird.

Pläne, großspurige, bewachen mich. Ich lasse mich von Plänen bewachen, großspurigen. Ehrgeiz heißt der Kommandant meiner Leibwache. Er ist ein Schwächling, ein großmäuliger Schwächling. Faul ist er auch. Nur angeben kann er.

Jemand hat uns das Licht weggetrunken, wir sind übrig und schwer, Tastende. Die Wörter laufen an uns vorbei, wir rühren uns nicht.

Wir haben nicht gewußt, was wir angefangen haben. Wir haben uns immer nur nach der augenblicklichen Gegebenheit gerichtet.

Das erste Mal, daß etwas richtig läuft. Eine deutsche Revolution. Und sie läuft richtig, weil sie nicht von Intellektuellen ausgedacht und gemacht ist, sondern von den Leuten selbst.

In den Teppichbodengängen des *Astoria* riecht es noch nach DDR.

Wir sind ein beschädigter Verband oder ein Verband von Beschädigten. Wir ziehen unseres Wegs. Für die, die uns mit Hohn begleiten, muß das Leben einfacher sein. Sie lachen sich schief über die Schmerzlaute, die wir ausstoßen; über die Grimassen, zu denen unsere Gesichter unter dem Druck des Daseins geworden sind.

Ich muß den Kopf mit Tätigkeiten täuschen. Ruhe wäre ein Licht, das mich zerstörte. Mit Zeitunglesen verhindert man viel. Leben möchte ich das nicht nennen.

Lesen und schreiben, diese besondere Art zu hinken. Hinkende können lesend und schreibend auch fliegen.

Unverständlich zu sein gelingt mir nicht, darum ist jeder über mich erhaben. Klar.

Nachts, man liegt im Dunkeln, hat die Augen zu, möchte schlafen. In der Vorstellung läßt sich kein Nachtbild durchsetzen. Die inneren Augen sehen lauter taghelle Bilder. Und diese inneren Augen lassen sich nicht schließen. Je entschlossener man daran denkt, sie zu schließen, desto weniger lassen sie sich schließen.

Horchposten. Die Menschheit auf Horchposten.

Der Affe des Herakles turnt auf der Bühne des Bewußtseins. Wir sind klein geraten, weil wir so viele sind.

Die Nase ist gereizt und beleidigt. Zu viele verschiedene Putzmittel in kurzer Zeit.

Wir legen die Ohren an die Wände und schauen mit großen Augen an einander vorbei. Wir tun, als könne man über das, was wir hören, verschiedener Meinung sein. Es wäre nicht auszuhalten, wenn wir uns nicht täuschten. Wer das Täuschendste sagt, gilt am meisten. Die Wahrheit ist nicht erwähnenswert.

Ausgehöhlt von der Schneide der Zeit, nimmt das Dröhnen in mir zu. Ich bin ein Hallraum, daß Vogelfüße donnern.

Er bittet jeden, der erwähnt, daß er ein Buch geschrieben habe, stürmisch, dieses Buch sofort lesen zu dürfen. Und er wird immer prompt versorgt. So liest er jetzt neben- und durcheinander Historiker, Soziologen, Linguisten, Philosophen. Wenn er einen der Verfasser trifft, kann er nichts sagen, weil er bei diesem Durcheinanderlesen nichts behält. Also ist die Mühe umsonst. Aber nur, was seine Beurteilung durch diese Verfasser angeht. Er hat denen gegenüber, weil er sich so viel Mühe gibt, ihretwegen, doch ein besseres Gefühl.

Es kostet Meßmer viel Kraft, auf der Straße immer und immer und immer wieder an allen Menschen vorbeizugehen. Er schaut ihnen, wenn er ihnen begegnet, so lange wie möglich, so direkt wie möglich in die Augen. So lange, wie er es schafft, und so direkt, wie er es zuzugeben wagt. Er geniert sich natürlich. Also, die Entfernungen bleiben. Und Entfernungen, die bleiben, nehmen zu.

Verlust ist fast ein rein wirtschaftliches Wort geworden. Gewinn sowieso. Reiner Verlust. Reingewinn.

Diese Reise wird kein Geschäft. Schon gegen Mittag hat man mehr ausgegeben, als man abends verdienen wird.

Eine gefährliche Einbildung: Weil man Geld braucht, glaubt man, man könne alles tun, womit man Geld verdient.

Nimm das Geld und geh. Denk an nichts als an das Geld. Das ist deine Unschulds-Chance.

Wie der Druck nachläßt, wenn man glaubt, Geld zu haben. Vorübergehend. Es ist direkt spürbar. Mindestens so, wie wenn man eine Last, die man trägt, abstellt.

Man muß anbietbar sein, ohne viel dafür tun zu können.

Daß er immer glaubte, entsprechen zu müssen! Immer in Übereinstimmung sein wollen zerstört.

Am Tag ist er gesünder als nachts.

Sobald das Projekt entworfen ist, wendet er sich dem nächsten zu. Nur nichts fertig machen. Das würde ihn langweilen. Vielleicht stellte sich dann auch heraus, daß seine Projekte gar nicht fertig zu machen sind. Daß sie möglich sind nur als Projekte. Da wirken sie. Sogar kühn wirken sie da. Als reine Projekte begeistern sie ihn. Warum soll er sie durch Realisierung verderben.

Man muß nicht frech sein. Fromm sein reicht.

Lieber weiter im Himmel forschen als in der eigenen Tasche.

Die Dame vom Kunstverein: Schön, daß es doch noch geklappt hat. Sie habe schon gefürchtet, er werde Holzminden vorziehen. Jetzt erwartete sie, daß er sage, er würde Holzminden nur vorziehen, wenn er dort sehr viel besser bezahlt worden wäre. Warum sonst nach Holzminden. Das sagte er. Die Veranstalterin gab sich erfreut. Er würde allerdings, wenn die in Holzminden ihn haben wollten, nach Holzminden gehen, egal, was die bezahlten.

Die Dame vom Kunstverein muß Alkohol meiden, weil ihr einmal in einem Lokal ein Bild, ein schweres Ölgemälde, ein Original, wiederkäuende Kühe zeigend, auf den Kopf gefallen ist. James Baldwin hatte gelesen, danach war man noch in einem Lokal. Einmal hat sie seit dem etwas Alkohol getrunken und fand sich dann am Rand der Autobahn und wußte nichts mehr.

Wenn du befürchten mußt, daß dies das letzte Mal sein wird, daß du nach Osnabrück kommst, dann kriegt Osnabrück ganz schnell einen unheimlichen Glanz.

Wenn vom Glanz etwas bliebe, wäre es kein Glanz.

Wer reist, lügt auch.

Ist es mir jetzt langweilig genug, oder müßte es mir, damit ich mich wohl fühlte, noch langweiliger sein?

Unerträgliche Tage muß man loben, weil man froh sein kann, daß sie vergehen.

Japaner stehen im Foyer Japanern gegenüber, sie verbeugen sich immerzu vor einander. Sie können nicht aufhören. Offenbar will jeder der letzte sein, der sich verbeugt.

Jeder Reisetag ist ein Verbrechen.

Ein Tropfen auf einen kalten Stein.

Widersprüche graben in mir nach Wahrheit und finden sie nicht. Ich segle so lange lustig ins Licht.

Wem danken? Einfach nach oben schauen. Niederknien ist auch so was. Am meisten ist Singen.

Jetzt, glaubt man immer, sei es zu spät. Wenn es dann später geworden ist, sieht man, daß es damals nicht zu spät gewesen wäre, erst jetzt, denkt man jetzt, ist es wirklich zu spät.

Eine Eile reicht mir nicht, ich brauche zwei. Es ist zu spät für Symphonien. Ich rutsche steile Hänge hinab. Keinem sage ich, warum ich so in Eile bin. Eine Folge der Teilnahmslosigkeit. Nichts hält mich. So die Beschleunigung.

Wenn Meßmer sich die Augen rieb und schwankend wurde. Aber nie für länger, dann erkannte er in den unerwarteten Erfreulichkeiten die reine Zufallswillkür. Und daß es ihm von jetzt an gut gehen sollte, erinnerte ihn daran, daß er oft genug gesagt hatte: Jemand, der nicht über Gebühr kämpfen muß, wie kann der leben?

Plötzlich ausbrechende Direktheit.

Ertränke den Schmerz in einer Flut von Wut. Bleibe laut.

Ohnmacht. Die Zähne liegen auf einander ohne Biß.

Immer das gleiche. Die Welt entspricht dir nicht. Aber du sollst ihr entsprechen.

Je älter er wird, desto mehr muß er lügen. Es gibt nichts mehr, was von diesem Zwang zur Lüge verschont bliebe. Das Alter – die Lüge schlechthin.

Das Alter ist der Nachteil des Lebens.

Jetzt wird es aber mulmig. Die Schärfe versinkt in einem wattierten Schwindel. Er ist froh über diese Gegenstandslosigkeit. Die ist der Bibel vorzuziehen.

Warum erlebt man die Welt als schön? Bloß, daß es weh tut.

Heute sich gründen. Nicht nachgeben, bis du dich spürst. Wenn du dich im mindesten spürbar machst, ist das viel. Das ist Schöpfung. Aus Hauch und Rotation sollst du endlich spürbar werden.

Es ist ein Herumschauen und Sichfestsaugen und Abgleiten, ein Zubodenfallen und ein vor Nichtbemerktwerden schnelles Zergehen.

Würdest Du, bitte, etwas von mir lesen, wenn ich es Dir schicke? Es wäre mir sehr wichtig. Du müßtest es nicht umsonst tun. Ich würde auch etwas von Dir lesen. Ehrlich. Du könntest Dich darauf verlassen. Also, willst Du? Ich wäre Dir sehr dankbar.

Jeder Vogel bohrt mit seinem Gesang nach Gold in mir.

Der Himmel lädt seine Last auf die Erde, die empfängt und empfängt, gibt sich dankbar. Alles passiert uns mit Spuren. Wir sind selber so vorübergehend, daß wir kaum zu kennen sind.

Ich weiß nicht, wo du bist, zum Glück, sonst führe ich hin, um dir mit möglichst vielen vorgeschobenen Redensarten den nötigen falschen Eindruck zu machen. Du weißt nichts von mir, zum Glück. So soll es bleiben.

Eine wahnwitzige Geschichte. 5jährige und 8jährige, die sich benehmen wie Erwachsene.

Im Kopf viel Raum und siedend.

Solange ich nicht genug Geld habe, kann keiner sagen, er wisse schon, wie ich zu ihm stehe. Wenn ich genug Geld hätte, würdet ihr mich erst kennenlernen.

Ähnlich die junge Frau, die mir vorwarf, daß ich in der Diskussion alles nur in Lacher umfunktioniere. Ich sagte, daß ich das alles nur als Fassade betriebe, ich hätte doch noch nichts von mir gesagt, und ich fände nicht, daß darauf ein Anspruch bestünde. Dann sind wir also alle Ihre Feinde, sagte sie. Ich, mechanisch: Wenn Sie so wollen. Da ging sie. Deutlich empört.

Der geheime Wettbewerb. Der, dem es am schlechtesten geht, ist am meisten gerechtfertigt. Machtausübung durch Unglücklichsein. Das Unglück darf aber nicht aussehen wie Erfolglosigkeit. Unterwerfung anderer dadurch, daß man erfolgreicher unglücklich ist als sie.

Auf Nachrichten wartend wie der Spieler auf die Zahl, auch wenn man schon lange nichts mehr einzusetzen hat. Das Warten ist etwas an und für sich, auch wenn nichts kommen kann. Warten ist süß. Eine schreibt mir: Sie hat eine platonische Liebe zu einem Mann, wartet seit drei Jahren, daß er anruft.

Der Schaffner hat einen Lehrling dabei, dem er zu jeder Fahrkarte etwas sagen kann. Der Schaffner ist John Wayne. Immer wieder erstaunlich, wo einer, wenn er gestorben ist, unterschlüpfen muß.

Die Frau streckt ihre kurzen Beine herüber, erreicht aber mit ihren Absätzen doch noch die Polsterbank neben mir. Sie hat alles aus ihrer Zeitung, was nicht Rätsel war, auf das Polster gelegt. Ich muß ihre schwarzen Stiefel anschauen. Die kommen aus ihren braunen Hosen vor wie Soldatenstiefel. Ihr riesiges Kreuzworträtsel löst sie auf dem Klapptischchen am Fenster. Wenn sie über eine Frage nachdenkt, schaut sie schräg nach oben. Sie schaut so, als sehe sie nichts. Endlich schält sie einen Apfel, schneidet ihn auf – sie hat also immer ein Messer dabei –, dann schiebt sie Schnitz nach Schnitz in ihren eher kleinen Mund.

Der Schaffner ist mein bester Freund. Er hat mich noch nie verraten. Fast frage ich mich: Kann er dann mein bester Freund sein?

Eine krumme alte Frau hinkt im Gang vorbei, Richtung Klo.

Erftstadt, Weilerswist, Euskirchen, Mechernich, Kall, Urft, Nettersheim, Blankenheim (Wald), Schmidtheim, Dahlem (Eifel), Jünkerath, Lissendorf, Oberbettingen-Hillesheim, Gerolstein. Namenlyrik.

Überall, wo er hinkommt, trifft er jemanden, der genau so alt ist, wie seine Mutter wäre, wenn sie noch lebte. Zuerst muß er immer einen Widerstand überwinden gegen so jemanden. Danach fühlt er sich aber mehr hingezogen zu einer solchen Person als zu sonst jemand.

Ich ringe nicht mit dir, Gelegenheit. Ich lasse dich verrinnen. Ist diese Luft nicht wie aus Honig? Auf einer roten Honda brausen zwei wunderbare

Wespen vorbei. Lasset uns beten. Im allgemeinen interessiert mich nichts. Aber abends … abends … Was soll ich tun, wenn ich spüre, daß ich gleich keine Kraft mehr haben werde, die Wahrheit zu verschweigen? Die Folter siegt. Nachher werde ich widerrufen.

Ich streite auf dem Markt gegen die Drachen. Ich bin ein kleiner Drache, der als St. Georg auftritt. Aber die anderen Drachen treten auch als St. Georg auf. Wir sind alle St. Georgs. Du siehst keinen Drachen mehr. Märchenhaft.

Es liegt an den Büchern meiner Kindheit, daß ich mir meine Feinde leichter zu Pferd vorstellen kann als zu Fuß oder im Auto.

Geträumt, nicht erinnert, den Wert des Geträumten empfunden. Wie durch eine Abschirmung wirksam die Ahnung, daß der Traum einen höheren, innigeren Wert hatte als das jetzt bestimmende Wachsein. Im Traum wie in einem Schach-Endkampf nur wesentliche Figuren von großer Entschiedenheit, Helle, Deutlichkeit. Jetzt nur Diffuses. Wo man hingreift, schwimmt etwas weg.

Wenn die Möglichkeiten eingehen wie zu heiß gewaschene Pullover.

Willkommen Schwärze und Schwere,
herein Lichtlosigkeit und Sturz,
tänzerisch führt sich die Leere auf,
Sauerstoff gewährt das Nichts.

Warum, wenn du, woran du denkst, ohnehin nicht erreichst, und dem, woran du denkst, auch überhaupt nicht entsprechen kannst, warum dann überhaupt daran denken?

Die unbeliebte Depression. Halbirre Paare nisten in ihren Zimmern, und Einzelne, dreiviertelirr, stehen auf Stühlen und ragen in die Einsamkeit.

Sobald er aus der Stadt heraus war, hielt er sich für gerettet. Das Konzert würde ohne ihn stattfinden. Vielleicht würden sie es ausfallen lassen. Er wäre gern gerannt, aber so, wie er angezogen war, würde er rennend zu sehr auffallen, er würde aussehen wie einer, der flieht.

Ich halte mich an jedem Geländer fester, als es nötig wäre.

Ich habe die Unverschämtheit, mich in der Schweiz nicht fremd zu fühlen.

Eine Französin läßt die Hand ihres Mannes auch auf der engen Treppe, die ins Flugzeug führt, nicht los, also auch nicht, als sie hinter einander gehen müssen. Das heißt, denke ich, daß sie ein Flugzeug nur an der Hand ihres Mannes oder überhaupt nicht betritt. Aber die Frau wird dadurch kein bißchen kleiner oder naiver oder beschränkter. Sie wächst mit jedem Schritt, den sie sich nach oben führen läßt. Sie drückt so aus, ein Flugzeug sei etwas, das ihrer in keiner Hinsicht würdig sei. Ihr Mann muß es überhaupt ermöglichen, daß sie so etwas wie ein Flugzeug überhaupt besteigt.

Nichts ist richtig getan. Offen bleibt, vorwurfsvoll, alles. Soviel kann nicht, wie mir jetzt verziehen werden müßte, verziehen werden. Ich muß noch gutmachen und wiedergutmachen. Das meiste hängt noch herum. So kann man es nicht lassen.

Minister, Moderator, Meßmer: Die Anfahrt zum Hotel. Gelungene Klassik-Imitation. Vornehme Angestellte lungern in erlesenen Haltungen auf ihren Arbeitsplätzen herum. Die Frau an der Garderobe ist eine Chefkosmetikerin. Im Salon 3 ein Tischchen mit Häppchenplatte. Alle Häppchen mit einer Gelatine überzogen, egal ob Wurst, Fleisch oder sonst etwas drunter ist. Zuletzt der Minister. Mit einem Mann, den ich für einen Mitarbeiter halte. Er ist aber für die Sicherheit da. Der Moderator vor den Leuten, abgewetzt und unverdrossen. Er läßt den Minister und Meßmer nicht mit einander reden. Ganz ruhig unterbricht er, wann er will. Allmählich wird klar, er veranstaltet das, um der Welt zu zeigen, daß er bekanntere Herren reden und schweigen lassen kann, wie es ihm beliebt. Ein Kind, entweder aus einer kinderreichen Familie, in der er nie zu Wort kam, oder ein Einzelkind, das immer alle zum Schweigen brachte, wenn es reden wollte. Ein schrecklicher Abend mit einem wunderbaren Moderator, der das Gespräch in den Händen hatte wie eine Häkelarbeit, die er dann zu seiner vollen Zufriedenheit beendete.

Die Lust, Nein zu sagen. Das Leid, so selten Gelegenheit zu haben, Nein zu sagen. Und wie er es, wenn einmal eine Gelegenheit kam, übertrieb.

Keine Macht für Niemand. In grüner Schrift auf Beton.

Von allen Göttern hat der Gott Öffentlichkeit die größten Chancen, seine Vorgänger zu übertreffen.

Am angenehmsten war in der TV-Diskussion von Philosophen, Psychologen, Pädagogen über Kindererziehung der, der selber keine Kinder hat: Hartmut von Hentig.

Das leise Rasen des Zuges lindert ein wenig die Härten der letzten Ereignisse.

Im Großraumwagen telephoniert eine Frau mit eigenem Telephon. Einer geht hin und erfährt für uns alle: Das wiegt 3 kg, aber funktioniert überall. Sogar jenseits von Dresden.

Reisen, angewandte Trauer.

Kommt ein IC von Berlin und muß kurz vor München und Mitternacht auf freier Strecke halten, bis so ein lächerlicher Vorortflitzer vorbeigeflitzt ist. Jetzt traut sich der IC nicht mehr, schnell zu fahren. Er schleicht durch die Dunkelheit auf München zu und rüttelt dabei mehr als vorher bei größter Geschwindigkeit. Er hat kein Selbstbewußtsein mehr.

Ich wähle am Himmel die Wolken aus, die mich begleiten sollen auf meiner (ewigen) Reise. Es wäre keine Kunst, zu leben und zu sterben, wenn die Welt einen so oder so geoffenbarten Sinn hätte. Andererseits ist die Vorstellung, daß alles gemacht werden muß, damit etwas sei, auch nicht schlecht. Die Befriedigung, wenn es gelungen ist, in einem Ofen Feuer zu machen, der in einem kalten Haus steht, in das man abends im Gebirge kommt, ist unabweisbar. Ins Feuer kann man starren, ins Eis nicht.

Aus der Unerträglichkeit des bloßen Lebens die Hoffnung auf die Erträglichkeit des Lebens im Geiste. Angewandtes Leben. Leben als Sprache. Wir haben kein Organ für das Leben selbst. Das Geschlechtsorgan möchte sich anbieten. Gut. Angebot angenommen. Das Geschlechtsorgan ist also das Organ für das Leben. Da findet es statt. Es selbst.

Die Unkenntnis ist immer größer als die Kenntnis.

An alle, die mich nicht mögen. Mitteilung über die, die mich mögen. Ich schmiege mich an die, die mich mögen. Das sind sehr verschiedene Leute. Damen mit längst ruinierten Stimmen. Beamte, wegen Trunksucht aus dem Staatsdienst entlassen. Arbeitslose. Angestellte zwischen 55 und 60. Frauen, denen der Beruf schon vor dem 40. Jahr das Kreuz gebrochen hat. Lehrer, von denen im Lehrerzimmer abgerückt wird. Hoffnungsarme jeder Art. Aus sich selbst Bestehende also.

Sich beschweren – ein Mangel an Selbstbeherrschung. Du willst jemanden nötigen, anders über dich zu denken, als er denkt. Selbst wenn du das erreichtest, was wäre es dann noch wert?

Ich möchte gern Gedichte waschen, ich perverser Mensch ich, dann erst würf ich meinen Hut in die Luft, in der die Gedichte zum Trocknen hingen, nachher sähe ich, daß die Konjunktive eingegangen sind.

Während er die sieben letzten Worte des Erlösers vom Kreuz hörte, erschlug er Fliegen. Nachdem er einige Fliegen totgeschlagen hatte, empfand er jede Fliege, die sich ihm näherte, als eine Aggression. Die wollten sich wohl rächen.

Was für Erinnerungen an Gegenständen haften können. Bis zur Unbrauchbarmachung der Gegenstände.

Jeder Baum weiß, daß es Sonntag ist. Ich weiß es nicht.

Wenn einen alles stört außer Bäumen.

Laubwälder prangen mit Verfall.

Wie oft bin ich diese Strecke gefahren, und zum
ersten Mal seh ich den Stationsnamen Gesserts-
hausen.

Vom Laub verlassen, sind die Bäume Nerven des
Himmels.

Für sich ist etwas und angerichtet, nicht fremd,
aber uneigen, es selbst, man muß es begreifen,
dann hat man's, nur brauchbar ist es nicht, du
kannst es nicht rufen, es ist nicht es, aber eine
Tätigkeit, in der du dich kennst. Entschuldige,
Herr, hinter der Jahreszahl, ich hüpfe wohl, weil
mir der Boden fehlt.

Getrennt von Freunden,
fühl ich mich wohl
in der Falte der Zeit
und widme mich meinem Zerfall

und feiere mein Vergehen
und bin glücklich.
Ich widerspreche meinem Traum,
bei keiner Blume bleib ich stehen,
wo ich hinschau,
will ich Leere sehen.
Es gibt keine Gründe gegen die Welt,
was ist, hat recht,
Gift brauch ich, Gift,
jede Fälschung ist echt.
Sorgen haben die Bäume,
ich nicht, ich gehe so schnell,
unerreichbar dem Licht,
des Dunkels Quell.
Aus mir dringt nichts
hinaus.

Sträuße sind wir auf den Gräbern der Zukunft.

Die Güte der Gastgeber und der Gäste fängt
alles ab. Jeden Abend. Wie diese Schicht lebt.
Nicht diffamierbar. Beschämend, sonst nichts. In
München-Stuttgart-Heidelberg-Frankfurt-Kas-
sel-Hamburg-Kiel-Berlin-Dortmund-Bonn und
sonst wo. Im Hörsaal, in den Villen. Die Mono-

loge Meßmers und anderer. Seht den Professor, seht Meßmer. Und wenn er allein ist, wie ihm weh tut, was er gesagt hat. Kein Wort hat er gesagt, das ihn nicht nachträglich verletzt.

Zeilen zur Verfügung stellen, in deren Leere man sich legen kann.

Wir sagen einander nicht, wie verfeindet wir sind.

Meßmer entschließt sich und gründet das Pseudo-Prinzip.

Er ist nicht frei vom Schlimmsten. In ihm wird, was er nicht tut, ein Gefühl.

Wir stehen im Dunkel herum und fluchen, schlagen einander die Zähne ein, womit ich sagen will: wir verunstalten einander. Gewölbe aus Gedankenstahl.

Man muß allein sein können. Wenn man das kann, ist alles andere leicht.

Welch ein Glück, wenn niemand anruft. Die Stille in einen Hotelzimmer bedarf der Schonung.

Wenn ich mich müdgeschwiegen habe,
fall ich die Stufen hinab,
der Gleichgültigkeit bau ich Altäre
in den Kellern der Zeit.

Ich möchte schneller stürzen.

Er hatte unter jedem Geräusch von nebenan gelitten. Wieviel mehr aber litt er unter der pathetischen Geräuschlosigkeit.

Verwirrt halt ich still vor rosarotem Abendnebel, gleich bereit, mich in allem zu täuschen. Auch ein Vogellaut trägt dazu bei. Und ein paar mir bekannte Bäume, die wie im Frieden stehen.

Die rechte Angst will sich nicht einstellen. Zu leben überzeugt.

Immer wenn ich von Ulm nach Stuttgart fahre, schau ich, wenn der Zug in den Geislinger Kessel hinabbiegt, zum ersten Mal aus dem Fenster. Das heißt, so lange reicht meine Kraft, mich mit etwas, und sei ich es selbst, zu beschäftigen. Von da an schau ich an Waldwänden hinauf, das nah vorbeirasende Gebüsch hört auf, zurückweichende Hügel geben den Blick frei, aber nichts, was zu sehen sich lohnt, erscheint. Ich verlange von der Fils nicht, daß sie die Loire sei. So sieht es aus, wenn die Arbeitslosenzahl bei 5% hält. So wüst muß es sein, daß die meisten es ganz gut haben. Isuzufahnen, Märklin, Nichtsalswände, entmutigt zurückbleibende Autos, im Himmel der alles bestätigende Düsenstrich. Die Sonne, die unwissende, will untergehen, wie immer. Die falschen Gedanken weckend, zwei Pferde.

Die reine Unerfüllbarkeit: Er hätte seine Mutter gern gekannt, als sie noch ein Baby war.

Im Goldtag wiegen sich grüngold die Bäume, der Dunstgrund gleißt, allein sein reicht.

Vorsilben sind der Versuch, mit einer logischen Operation ein aus Erfahrung stammendes Wort seiner Schwere zu berauben: Unsterblichkeit.

Die Fahrt schon zwischen mehreren Bahnsteigen jetzt. Auf denen die Menschen, wie Gefangene beim Hofgang.

Die heimstrebenden Italiener auf dem Bahnsteig, lachend stehen sie inmitten ihres ärmlichen Gepäcks. Und ich, fast ohne alles, gehe mißmutig auf und ab.

Oh Waldhorn-Bräu, oh Plochingen. Hügelauf klettern die Häuschen, und quer übers Tal spannt sich der Strom. Der Stern, der sich selber dreht. Ich habe nichts davon, daß ich alles sehe, aber nachher bin ich, wo ich nicht hinwill, in Stuttgart.

In der Fußgängerzone in Stuttgart plötzlich ein Anflug von Mut wie noch nie: Eine Sekunde lang einverstanden mit einem völligen, restlosen Verschwinden. Spekulationslos. Wenn ich diese Sekunde dehnen könnte, dürfte ich nichts mehr notieren. Die liebste Gewohnheit wäre kaputt.

Grotesk, der Versuch, in der Hotelhalle einen geschmackvollen Christbaum zu präsentieren. Und warum will ich dann gleich singen?

Plötzlich haben hier alle Männer von 17 bis 40 ärmellose Lederwesten an. Vorher hatte kein Mann zwischen 17 und 40 eine Lederweste an.

Nebel im Zimmer. Bei geschlossenen Fenstern.

Immer wieder anfangen wollen, es für möglich halten. Das ist das Weibliche in mir.

Vielleicht bin ich vorsteuerabzugsberechtigt.

II

Meine Damen und Herrn, wir verlassen jetzt Europa.

Ein unverständlicher Hebrideninsel-Name.

Dann darf Carreras weitersingen.

Una furtiva lagrima.

5 Stunden später: See the ice? Und als gerade der erste langgezogene Ton der Egmont-Ouvertüre kommen soll: Links der Hoover-Staudamm.

Die dröhnende Flugfabrik verwandelt sich beim Abstieg in etwas nur noch Sausendes.

12 Uhr 25 LA. Anstehen, zur Immigration geschickt, Papiere abgeben, hinsetzen. We do as much as we can over here. Das falsche Visum. Kein Geldverdienvisum. Außer Meßmer warten nur noch Farbige. Er brauche ein J1-Visum, hat nur ein B1. Von der B 747 ist Meßmer offenbar der einzige, der von hier nicht wegkommt. Sie müssen seinetwegen nach Washington telephonieren. Kostet $ 15. Inspector Richardson, schwarz, geht in die Kantine. Inspector Eusebio übernimmt. Der Name der Beamtin im State Department, die das approval erteilt: Deborah Young. Der Professor: Er habe bis 4 Uhr gewartet, dann sei er hinauf und habe nach dem Gastprofessor gesucht. Seine erste Frage: Do I drive

the scenic way or the short one? Meßmer spürt deutlich, daß er antworten soll: The scenic one. Nächste Frage: Und wo ist Ihre Frau? Und wo ist Ihre, fragt er genau so zurück. Des Professors Gloria arbeitet. Lehrerin. Daneben Kurse, sie braucht Credits für das Examen als Schulpsychologin, plus 400 Stunden Praxis, alles bis März, weil im März an der Beverly Hills High School eine Psychologenstelle frei wird. Die will sie. Daß sie die beste Frau für diese Stelle ist, weiß bis jetzt nur sie selber. Ob Meßmer mit einer gleichrangigen Abhaltung seiner Frau dienen könne. Er will es, sagt er, versuchen: Seine Frau betreibt die einzige Schlangenfarm in Süddeutschland und kann keines ihrer kostbaren Wesen irgendwelchen Schlangenignoranten anvertrauen. Der Professor nickt und sagt: Das IST eine gleichrangige Abhaltung. Und einen Vornamen habe die so begründet Abgehaltene doch sicher auch? Angelika. Oh, Angelika, nice. Meßmer ist sicher, daß der wirkliche Vorname seiner Frau kein nice geerntet hätte. Jetzt weiß er, wie er sich hier aufzuführen hat. Damit sich das UCLA-Panorama ein bißchen mit Leben erfülle, sagt der Professor, Gloria sei alte kalifornische Familie, Farmer, er Emigrantenkind, first generation kid, der Vater habe Goldstein geheißen, als Hitler übernahm, habe er sich geschworen: Den nächsten Namen, dem ich, wenn ich jetzt um die Ecke biege, begegne, nehme ich, das war Huber. Und im Vornamen habe er den Sohn dann noch tiefer verbergen wollen. Bruce.

Vor ihnen schieben sich drei absolut schwarze Limousinen, zirka acht Personen dürften Platz haben in so einem langgezogenen Auto-Insekt. Man sieht nicht hinein. Hinter jedem Tor hier jedesmal gleich die Wache der Privatpolizei. Bel Air, sagt der Professor. Da Meßmer immer noch nichts sagt, sagt er: Wäre es Ihnen lieber gewesen, ich hätte Sie an den homeless people vorbeigefahren? In der Pappschachtelstadt an der Trade Street. Zirka dreißigtausend. Sehr malerisch. Oh nein, sagt Meßmer, ich ziehe Bel Air vor. Als der Professor in der Clairemont Lounge seine Telephonnummer überreicht, kommentiert er: Gloria sei von Schülern ihrer Klasse, also von Beverly-Hills-Prinzen, jede Nacht telephonisch sexuell belästigt worden, nur deshalb brauche ein University of California-Professor in LA eine Geheimnummer. Und eilt, bevor Meßmer im Aufzug verschwinden kann, noch einmal her. Es wäre ein Versäumnis, wenn er das nicht noch sagte. Er machte es kurz: Helen Hickenlooper, Komparatistin, hat sich bis jetzt noch auf jeden Gast gestürzt. Entweder mit ihren Gedichten oder per

Agitation. Sie ist immer mitten in einer Kampagne. Er glaubt, Meßmer diese Information schuldig zu sein. Und geht. Und dreht noch einmal halb um und ruft: Dreimal geschieden, aber zweimal vom selben Mann. Und hastet noch einmal her und flüstert mehr, als er sagt: Einmal wegen Frisch. Max Frisch. Jaa. Das hat sie zwar nie gesagt, aber jeden wissen lassen, die Lynn in »Montauk« sei sie. Sie ist ja aus dem Brooklyn, weshalb Stanley Austin, der zuständig ist für Sarkasmus, sie Brooklynn getauft hat. Sie sei allerdings nation wide nicht die einzige, die *Lynn* gewesen sein will. Jetzt schafft er den Abgang.

Droben im Zimmer ein UCLA-Kuvert, Absender Bruce Huber. Gedichte. Ziemlich viele. Und ein kurzer Brief. Da Sie's ohnehin erfahren werden, daß ich Gedichte schreibe, sollen Sie die besser gleich in Händen haben. Ob Sie sie lesen oder nicht, ist mir weniger wichtig, als daß Sie sie haben.

Ich ließ das Fernsehen über mich ergehen. Mir war mehr nach Fernsehen als nach Gedichten.

Der Professor weiß, wenn Gloria in ihrer Schule die Stelle als Counselor hat, wird ihr das nicht genügen. Sie wird promovieren wollen. Er sagt: Sie carri-ert sich weg von mir.

Die LA Times berichtet: Die Stadt läßt die Pappschachtelwohnungen an der Trade-Street mit Bulldozern wegräumen, die Bewohner werden 100 Meilen forttransportiert, dort läßt man sie aussteigen. Beim Facultyessen sagt ein Historiker, das habe Gandhi in Indien auch so gemacht.

Meßmer unterrichtet Course #102. Jeder Kenner, dem du sagst, du unterrichtest 102, weiß, daß du ein Hängengebliebener bist. Ein Mann, näher bei 60 als bei 50, und unterrichtet 102. Da stimmt doch etwas nicht. Meßmer wundert sich selber darüber, daß er, wenn er gefragt wird, sich kein bißchen geniert zu sagen, er unterrichte 102. Ach, ich dachte 249, sagte der emeritierte Latinist Clarence Quale, der sich immer am Kaffee-Automaten aufhält und über alles informiert sein will.

Voller Enthusiasmus, aber ohne Begeisterung spricht Meßmer vor seiner Klasse.

Die Wichtigkeit, die ich dem Gelingen meiner Veranstaltungen beimesse, ist angesichts der Bedeutungslosigkeit dieser Veranstaltungen grotesk, auf jeden Fall komisch.

Es würgt mich, als möchte etwas heraus. Aber leerer kann nichts sein als meine Seele. Der Äußerungsdrang ist phantomhaft.

Die Stundenschläge auf dem UCLA-Campus sind so stark, daß man, solange sie dröhnen, besser nichts sagt.

Nichts ist so unabschaffbar wie das Gefühl, daß man sich schämen muß, wenn man nichts nützt.

Die erste Abendveranstaltung, 42 Zuhörer. 2 Stunden, inkl. Diskussion. Keine besonders gute Idee, dieses Thema hier. Ein Nie-wieder-Thema. (Der Anteil der Gegenwart an der Geschichtsschreibung.) Nachher Empfang. Gloria fehlt; die 400 Stunden Praxis als Schulpsychologin, um zur Prüfung zugelassen zu werden. Aber es gibt immer eine Schöne. Die Messingblonde diesmal. Ihr Mann ist Wirtschaftsanwalt. Im Augenblick an der Ostküste. Sie in flachen Lackschuhen, alles in Schwarz, am Hals wird's zusammengefaßt durch eine zirka 8 cm große Brosche in Form einer diamantbesetzten Schere. Wenn ich sie ansah beim Sprechen, sagte sie, mich unterbrechend, ich müsse auf die Frau schauen, der ich gerade antworte, oder sie müsse sich hinter diese Frau stellen. Eigentlich will sie uns, das heißt allen, die zu ihr hingewandt stehen oder die sie noch dazu bringen kann, sich ihr zuzuwenden, sie will allen erzählen, daß sie einen experimentellen Film gesehen hat über Sex und Gewalt in Hollywood-Filmen, leider kann sie nicht wiedergeben, was sie in diesem Film gesehen hat. Alle bestürmen sie, aber sie beharrt darauf, sie ist nicht prüde, aber das kann sie nicht wiedergeben. Sie fand diesen Film sehr sehr gut. Ich fühlte mich angeschaut von Helen Hickenlooper. Es war ganz offensichtlich, daß sie prüfen wollte, wie ich auf Sexundgewalt in Hollywoodfilmen reagieren würde. In der Abteilung hat mich Bruce Huber ihr vorgestellt, als hätte er mir vorher noch nichts über sie erzählt gehabt. HH, hatte er gesagt, sei ihr Initialwappen und *unsere Komparatistin* hatte er sie genannt. Und sie hat der Vorstellung mit halb offenem Mund zugeschaut und hat

ein Gesicht gemacht, als sei diese Vorstellung eine
Prüfung, die sie beobachten und nachher benoten
müsse. Und jetzt sah sie mich so an, daß ihr Gesichtsausdruck nur heißen konnte: Los, Stellung
nehmen, zeigen Sie dieser blonden Schaluppe, daß
in Ihrer Gegenwart dergleichen male-höriger Kit-
zelchauvinismus keine Chance hat. Los jetzt!
Sie sagte nichts, aber sie sprühte. Sie hat eine Blickkraft, die einem direkt aufs Gemüt gehen kann.
Wenn sie es gut mit dir meint, ist dir geholfen;
meint sie es anders mit dir, brauchst du Hilfe.
Dunkle Augen. Eine schnurgerade Nase mit über-
raschend weiten Nüstern. Aber das meiste macht
offenbar der immer halb offene Mund. Zusammen mit der Blickkraft wird's ein Angriffsmund.
Die Schneidezähne sind goldgerändert. So dünn
gerändert, daß man noch einmal hinschaut, ob
man sich getäuscht habe. Nein, sie sind feinstens
goldgerändert. Ich fühlte mich, so von ihr angeschaut, hilflos. Ich bin doch Gast hier, kenn mich
nicht aus, was soll ich denn sagen über Hollywood,
Sex und Gewalt. Aber ihr Gesichtsausdruck hieß:
Hier und jetzt ist überall, Sie sind gefordert. Zum
Glück fand ein junger Mann, eher klein und wie
schon immer haarlos, daß er jetzt etwas Unauf-
schiebbares beizusteuern habe. Bevor er einsetzte,
sagte er, daß er mir wahrscheinlich noch unbe-

kannter sei als die Rückseite des Mondes. Er ist Stanley Austin, lehrender und praktizierender Psychiater. Er hat also einen Impotenten behandelt, erfolgreich behandelt, hat ihn hypnotisiert und ihm eingeredet, ein römischer Legionär gewesen zu sein, als solcher habe er besiegten Männern Geschlechtsteile abgezwackt, dafür müsse er jetzt leiden, habe er bis jetzt leiden müssen, jetzt wisse er das alles, jetzt könne er alles hinter sich lassen und sich seiner Potenz uneingeschränkt freuen. Und das hat geklappt. Er erzähle das hier nur, um zu hören, was sein unerbittlicher Moral-Sheriff Helen dazu sage. HH sagte, jede Heilung finde ihren Beifall. Aber die Messingblonde wollte ihre Sprechrolle zurück. Sie verlangt: Jeder muß in Disneyland gewesen sein. Das ist wichtiger, als in den San Bernardino-Mountains auf künstlichem Schnee durch die Wälder zu brausen. Das sagt sie speziell zu dem frisch berggebräunten Goethe-Institutsmenschen. Amerikanische Volkskultur, bitte. Computergesteuert: Die Effekte dreidimensional. Da kriecht einem die Ratte wirklich über die Schulter. Die Leute schreien vor Angst. Einmal eine solche Reaktion bei Veranstaltungen des Goethe-Instituts! Das wünscht sich der Braungebrannte. Dann hat keiner und keine mehr Furchtbares zu bieten. Die Messingblonde belegt jetzt mit unendlich vielen Zoo-Details, daß ihre Töchter Christa und Perla die tierzärtlichsten Kinder sind, die es je irgendwo gab. Erstaunlich. Diese gesellschaftserfahrene Schöne weiß immer noch nicht, daß Berichte über fremde Kinder nur erträglich sind, wenn Schlimmes berichtet wird. HH schaut mich jetzt noch herausfordernder an als vorher. Eigentlich schon höhnisch. Aber weil sie sieht, daß ich mich, so herausgefordert, eher gelähmt fühle, greift sie ein. Ich müsse doch jetzt, sagt sie ganz direkt zu mir, Debbie fragen, wie sie für ihre Töchter zu zwei so schönen Vornamen gekommen sei. Christa und Perla! Ach Helen, rief Debbie, du bist schlimm. Sie gönnt mir nicht die bescheidenste Pointe. Und Sie sind der einzige hier, bei dem ich sie noch anbringen kann. Und HH, als trichtere sie einem schlechten Schüler eine Regel ein: Ein Vorname christlich! Ein Vorname jüdisch! Und das entspricht! ... Sie hörte auf und lud Debbie mit großmütiger Geste ein, den Satz zu vollenden. Und die tut's: ... das entspricht genau der Zusammensetzung der Klientel meines Mannes. Dann lachte sie. Fast ein bißchen verlegen. Ich schaute sie möglichst hingerissen an. Was Helen darüber dachte, war mir gleichgültig. Aber die übernahm ohnehin sofort wieder die Führung. Sechzig Anwälte in fünf Ländern. Und Debbie schnellstens: Auch in Santo Domingo. Aber Helen duldete jetzt keine Ablenkung mehr. Sie wolle nicht sagen, daß sie zu Herbert Meßmers Vortrag gekommen sei, um das, was sie jetzt sagen müsse, zu sagen, aber zum Empfang sei sie nur gekommen, um nachzufragen, ob es hier noch einen Menschen gebe, der PACT noch nicht beigetreten sei. Ich mußte fragen, was PACT sei oder bedeute. Helen antwortete: PACT ist pact against children's therapy. Sie habe Aufnahmeformulare dabei. Von der nächsten Gruppe löste sich eine eher dicke Frau – oder wirkte sie nur dick, weil sie in einen ganz engen Anzug eingesperrt war? – und rief schon im Näherkommen, sie werde das nächste Mal auch den Auftragsblock mitbringen. Ihre Stimme war lauter als alles, was bis jetzt im Raum hörbar geworden war. Ella Farenthold, sagte sie zu mir, und Bruce Huber fuhr fort: Wife of Spencer Farenthold, unser Mediävist, den geniale Bastelarbeit abhält, an irgendeiner Abendveranstaltung teilzunehmen. Danke, sagte Ella Farenthold und ergänzte: Immobilienhandel. Und erklärt, der phantastische Boom des Immobilienhandels sei der stürmischen Zunahme der Scheidungen zu verdanken. Während die auf dem Campus zwei Stunden dahockten, um auf den sich verspätenden Guru Derrida zu warten, daß der dann seine

Textanleihen aus Heidegger, Nietzsche und Freud herunterflüstere, verkauft sie tract houses.

Professor Clarence Quale, der Emeritus vom Classics Department, der offenbar keine Abendveranstaltung ausläßt, nickte und lächelte zu gar allem. Dadurch, daß er selber zu keinem hier diskutierten issue etwas sagte, beeindruckte er mich sehr. Er hörte noch lächelnd zu, als ich schon ging.

Die kleine Spinne, die sich in die Kloschüssel hinunterläßt, in die Meßmer gerade sein Wasser läßt. Er kann ihr nicht zurufen, sie solle sich nicht weiter hinunterlassen. Sie geht im Urin unter. Er kann sie nicht retten. Mit ihr geht eine Entwicklung von Millionen Jahren unter. Was hat diese Spinne nicht alles ererbt und gekonnt. Und dann ersäuft sie im Urin eines Gastprofessors, der zuviel schlechten amerikanischen Weißwein getrunken hat. So etwas kann einem passieren in dieser Welt.

Dann *Coogan's Bluff.* Don Siegel. Clint Eastwood. Ein Indianer, nur mit Schurzfell, hinter einem Felsen, frißt an einem Knochen das Fleisch ab, so wüst wie möglich, dann unten in der Wüste ein Jeep, der Sheriff, der Indianer hat ein Gewehr mit Zielfernrohr, er hat seine Hose und seine Schuhe unten verstreut, als Köder, aber er schießt schlecht, Clint Eastwood kriegt ihn, haut ihm das Gewehr in den Bauch, zündet eine Zigarette an, fährt ab mit ihm, der Indianer angekettet im Jeep, dann zu einer hübschen Ranch, es ist früh morgens, da schläft sie noch, der Indianer wird an eine Säule gekettet, die das Vordach stützt, Clint Eastwood hinein, ans Bett, wohlig die Schöne, wird scharf, der Indianer schaut zum Fenster herein, sie aus dem Bett, zieht die Vorhänge zu, der Sheriff zieht sich aus, er hat vorher schon seine Zigarette vor dem Indianer ausgetreten, der hätte auch gern geraucht, dann nahm er den Schlüssel vom Brett über der Tür, er kennt sich aus hier, jetzt preßt sie sich an ihn, sein muskulöser Oberkörper ist schon nackt, sie fragt nach dem Indianer, der hat seine Frau umgebracht, wie lange hast du ihn gejagt, drei Tage, sie stöhnt. Ich mache den Apparat aus. Weltherrschaftshumanität.

Als ich mein Zigarillo angezündet hatte, hatte die Messingblonde gerufen: Oh, Willem zwei, die hat mein Mann auch immer geraucht. Als er noch rauchen durfte.

Der Professor fragte, wie mir der Abend gefallen habe, ich sagte, es sei ein viel versprechender Abend gewesen, er lachte, fand meine Einschätzung realistisch, bedauerte aber daß Dean Dine, sein emeritierter Doktorvater, nicht habe kommen können. Der habe aus Griechenland einen Virus mitgebracht und sehe, sage er, momentan aus wie Franz Josef Strauß nach dem zwanzigsten Glas Bier. He's our historic landmark. Daß Irene, des Emeritierten dritte Frau, nicht gekommen sei, werfe er, Bruce Huber, sich vor. Da habe er versagt. Nicht richtig geworben. Er habe gedacht, der Name Meßmer genüge. Und für den Emeritus stimme das auch. Der habe es offenbar Irene nicht richtig weitergesagt, wer Herbert Meßmer ist. Also das macht Bruce wieder gut. Beim Emeritus selbst. Der Emeritus ist ein MUST. Verheiratet mit einer dritten Irene. Alle Dean-Dine-Frauen hießen Irene. Allerdings wisse niemand, ob diese Frauen schon Irene geheißen hätten, bevor sie Mrs. Dean Dine wurden. Denkbar sei, daß Dean eine Frau nur heiratete, wenn sie sich Irene nannte, weil sich das auf Dean reimt. So sei eben alles beim Emeritus: larger than life.

Bruce Huber hat ein Kindergesicht, das er mit einem rötlichen, an den Rändern grau werdenden Bart umrahmt. Es ist weniger als ein Bart. Ein Saum ist es. Ein Bart würde zu diesem schön schmalen und unwirklich zarten Kindergesicht nicht passen. Je öfter man Bruce Huber sieht, desto mehr muß man ihn für diesen Einfall, sein Gesicht so zu säumen, bewundern. Und genau so unübertrefflich richtig die randlose Brille. Seine Haare läßt er so schneiden, daß es Stehhaare werden. Weil Meßmer sich in Selbstbeherrschung übt, verschweigt er, daß Tacitus mitgeteilt hat, die Sueben richteten ihre steilen Haartrachten nicht her, um zu gefallen, sondern um größer zu erscheinen, größer beim Kämpfen. Dem Auge des Feindes galt ihre Haartracht. Aber vielleicht würde es den Professor freuen, sich seiner Haartracht bewußt zu werden.

Die Messingblonde hat angeboten, den Gastprofessor durch LA zu fahren, falls er Interesse habe. Der Gastprofessor hat gesagt: Interesse schon, aber leider keine Zeit. Das Seminar und der Kurs, das sei viel für den pädagogischen Amateur … Solchen Verhinderungsunsinn hatte ich herausgequetscht. Zum Glück. Leider. Wie sie das nacherlebt hatte, die dreidimensionale Disneylandratte kriecht ihr über ihre Schulter. Wie sie da schauderte, vibrierte. Das würde doch für ein Leben reichen. Für ein Leben hier …

Nirgends das Leben anfangen lassen. Es überall nur wecken und abhauen. Dieses Wellenreitergefühl haben. Schaumkronendasein. Meßmer möchte Gischt sein, nicht Wasser.

Meßmer hat immer Angst, seine Frau rufe, sobald er an sie denke, an.

Bruce Huber, deutlich erkältet, also muß ich fragen, also muß ich erfahren: nicht erkältet, Katzenallergie. Die erste habe noch nichts gemacht, aber die zweite. Jetzt stehe eine dritte bevor.
Gloria sage: Die St. Ana Winds mit den Pollen aus der Wüste. Er aber wisse: Die zweite Katze. Und er ist machtlos. Die dritte wird kommen. Ich bedauerte ihn vorsichtig.
Vorsichtig, weil es möglich war, daß er mit dieser Mitteilung nur die Tierliebe seiner Familie rühmen wollte.

Im Hotel erwartete mich ein großes dickes Kuvert. Ein UCLA-Kuvert. Schon im Aufzug sah ich, von wem: Helen Hickenlooper. Es waren Gedichte. Eine ganze Ladung Gedichte. Ich mußte sofort lesen. In Deutsch und Englisch. Die Muttersprache ihrer Mutter ist Deutsch. Die deutschen reimten sich. Eile/Langeweile, Wahn/Schwan, Fensterbank/Trank, Verehrerin/Lehrerin, Fluch/Buch, Hort/Wort, entzündet/verkündet, Steiß/Fleiß, Bösen/Pleureusen, Reigen/Schweigen, packte/nackte, Schmetterling/Nasenring, unvergleichlich/reichlich, deutet/häutet, lechze/ächze, tippt/Skript, Herzen/merzen, Lunten/drunten. Bogen/Wogen.

Rhythmisch eher einfach. Von Heinrich Heine unterwegs zu Rilke, ihn dann aber nur flüchtig berührend. Ein immer wieder glückender Verrat alles Romantischen an die Pointe. Dadurch kam's zu keinem Geheimnis, sondern zu lauter Einsichten, die man gern teilte. Für Englisch war ich zu müde.

Ich fühlte mich beim Lesen von HH beobachtet. Sie ist weder Mann noch Frau. Sie ist ein Engel. Aber kein friedlich sinniges Engelsgeschöpf, sondern eben ein Kampfengel. Immer diese zwei Kreuze um den Hals. Das große hängt ihr in die zwei Knöpfe weit offene Bluse, das kleine bleibt an einem Kettchen eng am Hals. Aber Bluse kann man, was sie jeden Tag und jeden Abend in wechselnden Farben und Mustern überwirft, nicht nennen. Diese Überwürfe sind immer aus der Dritten Welt. Mexiko, Afrika, Asien. Und Helen ist eher klein, die Überwürfe reichen ihr immer fast bis zu den Knien. Nach den aus den weiten Überwurfärmeln herauskommenden Armen zu schließen, ist Helen schlank oder gar dünn. Sie gönnt uns ihre Figur kein bißchen.

Nach den Gedichten las ich ihr Briefchen. Lieber Kollege, hier die mir heiligen Verse. Sie dürfen sich, wenn Ihnen danach ist, trotzdem darüber lustig machen. Mir genügt schon, wenn meine Gedichte besser sind als die von Bruce Huber. Und das sind sie. Sollten Sie das nicht finden, wäre ich an einer Beweisführung doch sehr interessiert. Meine Mutter ist schuld, daß ich auch deutsch dichten muß. Sie hat ihre Sprache als erste bei mir durchgesetzt. Inzwischen taugt sie (die Muttersprache) mir zu nichts mehr als zum Dichten. Ich bin da eine Sprachastronautin, die um ihre Spracherde kreist, ohne sie je betreten zu können. Rühren soll Sie das nicht. Sie wissen, I feel at ease. Yours truly, HH.

Meßmer erlebte es wieder einmal. Dichten ist ansteckend. Hingesetzt und geschrieben.

Der Eucalyptus blüht. Die Kiefernnadeln
glühen grün. Mit roten Wunden prangt
jeder Strauch. Ein junger Wind übt
an Bananenstauden. Die Greisin geht
in viel zu großen weißen Stulpenstiefeln
über den Boulevard, voller Respekt
neigen die Autos sich bremsend vor ihr.

Aber zum Reim reicht's dir nicht.

Wär' ich, wie ich bin, künstlich,
unzerstörbar, wüßte nur, was
weiterführt, ohne zu wissen, woher,
hätt' ich doch keine Ahnung, was
fallende Blätter bedeuten, und was
Zeilen, die enden in einem Punkt.

Überall: wie konnte nur so ein Wort entstehen?
Everywhere ist nicht besser, aber vernünftiger.

Clarence Quale am Kaffee-Automaten heute zu HH: Seine Tochter fliegt gerade zu Wolkenaufnahmen nach New Orleans, weil es in Kalifornien zu wenig Wolken gibt. HH, fast schrill, aber ganz seriös: Das könne sie bezeugen, die Wolken in New Orleans seien unsurpassed. Und rief ihm noch nach: Give my love to Sue.

Abends immer zwei Schlangen. Eine vor dem Kino, eine vor dem Eisshop. Die Studenten, die ihr Eis haben, liegen und hocken auf Treppen und Rasen und Bänken herum. Das Eislutschen verbindet sie wie der Gesang einen Chor. Sie lutschen im Chor.

In einem Wald aus Wünschen wandern,
keinen Rand erreichen,
einladend fürs Licht,
knien im Sprachlaub.

Das Quälende der intellektuellen Arbeit, daß sie nichts mit der Ernährung zu tun hat.

Faculty Dinner. Mehrere versuchen, Herbert, wie sie ihn jetzt nennen, ins Gespräch zu ziehen. HH versucht es am hartnäckigsten. Als Bruce gesagt hatte *unsere Komparatistin*, hätte Meßmer am liebsten geantwortet: Meine Frau ist auch Anästhesistin. Aber er hatte sich beherrscht. Bruce Huber war wohl nicht im Stande, eine Schlangenfarmbetreiberin, die sehr viel Geld macht mit dem Gift, das sie den Schlangen abnimmt und der Pharmazeutik zur Verfügung stellt, und eine Anästhesistin in einer Person unterzubringen.

HH erklärte, was eine University Federation sei. Meßmer hörte aufmerksam zu. Da er nichts zu sagen hatte, wollte er wenigstens aufmerksam zuhören. Aber sie sagte, Herbert langweile sich. Dabei hatte er zwar ohne Interesse, aber doch nichts als eifrig zugehört. Stanley Austin sagte, als gehöre das unmittelbar zu dem, was HH gesagt hatte: Der letzte Botschafter der DDR in Bern habe Glas geheißen. HH darauf geradezu gefährlich leise: Is that all that's clear about him. Und fuhr fort: Manchmal zweifle sie daran, daß Fromms Beschreibung des analen und sadomasochistischen Charakters des deutschen Kleinbürgers wirklich nur auf den deutschen Kleinbürger beschränkt sei. Und sah Meßmer an. Der wollte sagen: Meine Frau ist auch Anästhesistin. Aber weil das nicht gepaßt hätte, sagte er nichts. Er wußte, wenn er jetzt etwas sagen würde, würde er zuviel sagen. Soviel, wie er jetzt sagen würde, gehörte hier einfach nicht her. Küß die Hand, sagte er, als wäre er ein Österreicher. Das kam bei allen gut an, aber bei Helen überhaupt nicht. Sie sagte: Shit. Bruce fing virtuos ab: Reimt sich auf wit.

Stanley Austin nahm zu jedem Gang des Dinners andersfarbige Tabletten aus verschiedenen Glasröhren. Stanley ist mehr als blaß. Perlmuttfarben etwa. Bis er selber drankommt, lächelt er bereitwillig. Auffällig ist, wie unfrei er sich bewegt. Jede seiner Bewegungen stößt an unsichtbare, ihm aber offenbar scharf oktroyierte Grenzen. Er wirkt wie ein alter Professor, obwohl er bei weitem noch keine vierzig ist. Ein alter Professor schimmert durch. Bei einem ersten Gespräch hatte er Meßmer gesagt, er habe nicht gewußt, ob das Buch, an dem er neun Jahre gearbeitet habe, irgend jemand haben wolle. Meßmer hatte sich nach dem Titel erkundigt. The Fucking Cure. Inzwischen hat Meßmer mitgekriegt, daß Stanley den Titel seines Werks enthusiastisch gern aussprach. Alle kannten das Buch, alle bewunderten es. Helen hatte Meßmer vorgeschlagen, das Buch ins Deutsche zu übersetzen. Stanley sei zwar erbärmlich charakterschwach, aber eben ein Genie. Als deutschen Titel schlug sie vor: Heilung durch Paarung. Schlecht, dachte Meßmer, wagte aber nicht zu sagen, daß er Gesundficken besser fände. Stanley weiß, daß er bei jedem Anlaß mindestens einen Fall spenden muß. Beim Fakultätsessen bot er einen Neunundzwanzigjährigen, der nicht und nichts mehr konnte. Den hat er dazu gebracht, daß er vor drei Tagen vor dem Stab des Health Department sein Problem frei und furchtlos referierte. Und zwar so. Jetzt stand der eher kleine Stanley auf und krähte richtig schräg nach oben: Let's speak about constipation. Why do I mention a word here out loud which I, up to now, just whispered to my sweetheart only in our bedroom.

Alle lachten, Stanley setzte sich und lächelte wie ein Kind, das gerade alle Erwachsenen durch einen Purzelbaum begeistert hat. Oder, dachte Meßmer, wie ein Kind, das gerade in seinen Topf geschissen hat, das Ergebnis stolz präsentiert, wissend, daß die Erwachsenen ihn jetzt wegen des gelungenen Großen Geschäfts stürmisch loben werden.

Gloria kennt den Wortschatz ihres Mannes. Wenn er von einer Studentin sagt: Die ist ganz schön, dann muß sie aufpassen. Wie kann dieser Mann an andere Frauen denken, wenn er diese schöne, reg-

same, ehrgeizige, erfolgreiche, liebreiche, hochge-
scheite und haustüchtige Frau hat? Der sucht nach
etwas, was er nicht hat, nach einer generell Mittel-
mäßigen. Zum Ausruhen. Die Namen der drei
Kinder sind aus dem Show-Biz. Das sagen sie selber, er und sie. Natürlich fragen sie nach Meßmers
Kindern. Drei, sagt er, Söhne. Zwei heißen Kurt,
einer Karl. Warum heißen zwei Kurt? Sie wollten
unbedingt einen Kurt. Dem ersten Kurt gaben die
Ärzte keine Überlebenschancen. Jetzt lebt der
aber immer noch. Und was machen die Söhne?
Einer ist Vielteilchenphysiker, einer im Gefängnis,
der dritte kann sich für nichts entscheiden. Meßmer merkt, daß diese Familiensaga ihn nicht un-
sympathisch macht.

Entkommen sein möchte man. Sei es zu Büschen,
Fischen, schlecht gebauten Häusern oder gut
gebauten. Es gibt Zimmer, in denen bin ich wie
sicher.

Ich mache mir nur an der NY Times die Finger
schmutzig. Ich gehöre zu den Leuten, die sich nur
an der NY Times die Finger schmutzig machen.

In der Lounge kommt eine auf mich zu: You wouldn't happen to be Mr. Heller? Ich bedauerte wirklich.
Was hätte das für Folgen bei Hitchcock.

Der Überfluß will andauernd von dem ablenken, was er ist.

Außer mir und ein paar schwarzen Kindern ist niemand auf der Straße. Alle fahren Auto.

Was man weitersagen kann, ist erträglich. Das Sterben kann man nicht mehr weitersagen. Da muß man etwas hinnehmen, worüber man nicht mehr sprechen kann. Man kann nachher keinem mehr sagen, wie es war. Das ist das einzig Schlimme am Tod, daß er das letzte Wort hat und daß das keins mehr ist.

Er lehnte es ab, durch Kleider etwas erträglicher machen zu wollen. Er würde sich nicht umbringen. Niemals. Das Leben ist schön. Man kann die Füße sehr hoch legen. Zur Decke starren. Das

Leben ist sogar sehr schön. Einerseits sind die Toten beneidenswert. Sie haben es hinter sich. Andererseits sind die Lebenden auch beneidenswert. Alles ist beneidenswert. Besonders du.

Weil er sich dafür verachtet, daß er überhaupt erzählen muß, erzählt er dieselbe Geschichte drei- oder viermal, aber jedesmal anders, und nie so, wie er sie erlebt hat. Er sehnt sich nach nichts als nach der Fähigkeit, schweigend unter Leuten zu sein und zuzuhören, zur Kenntnis nehmen zu können, was gesagt wird, und damit zufrieden zu sein, egal, was gesagt wird.

Ihm war seine Häßlichkeit nicht zuwider. Er sah, daß er für jeden außer für sich selber unannehmbar war. Daß seine Frau ihn angeblich nicht nur ertrug, sondern gern ertrug, vielleicht sogar mochte, sprach gegen sie. Alles an ihm war alt. Seine Anzüge! Nur noch Chruschtschow hatte solche Anzüge getragen. Am liebsten sah er sich als Chruschtschow. Er hatte zwar nicht diese rundliche, gefährliche Verschmitztheit. Wie ein ungefährlicher Chruschtschow wirkte er. Fand er.

Trauer dringt durch jede Wand, dann wird sie aufs Papier gelenkt, da soll sie enden.

Wie sich aus allen eine plötzlich heraushebt. Nur noch diese braunen Beine von den sehr kurzen schwarzen Hosen abwärts zu den blaßvioletten, sehr flachen, aber glänzenden Schuhen. Sie gab ihm als erste die Hand. Sie streckte ihm ihre Hand hin. Er ergriff sie. Sah ihr ins Gesicht. Sie ihm. Die meisten sahen hochkonzentriert an ihm vorbei, als sei es ihre Aufgabe Nummer 1, in keinen Blickwechsel mit dem Gastprofessor zu geraten. Gut, sollen sie. Ihn interessierten ohnehin Brüste und Beine mehr als Gesichter.

SIE gestern, in der Sprechstunde, daß Meßmer kein bißchen wie ihre Mutter spreche. Spricht jemand wie ihre Mutter, hört sie sofort nicht mehr zu und weiß nachher nicht, was der gesagt hat. Auch Männer können auf diese Frequenz verfallen. Es ist eine Frequenz, auf der man geheißen wird, das und das zu tun und das und das nicht zu tun. Sie ist auf dieser Frequenz unerreichbar und hält es für ein Glück, daß diese Frequenz bei Meßmer nicht vorkommt.

Diese Tage sind aus Seide, berührt vom warmen Wind.

Offenbar ist jeder Mann eine Parodie des Männlichen.

The sex-driven-male. Er hofft, jeder Gastprofessor sei the sex-driven-male. Er ist aber auch der, der sich nicht darum kümmert, wie, was er gerade betreibt, ausgeht und wer oder was dabei draufgeht. Er ist das Realitätsprinzip. Das er nicht flieht.

SIE in der Sprechstunde, daß sie bei Professor Huber über das Color Purple-Buch referieren mußte. Von den drei Erwähnungen des Titels hat sie die dritte, beim frog, als ein Bild für die männlichen Genitalien interpretiert. Der Professor habe das brummend mit Kann-schon-sein quittiert. Aber eher ablehnend. Und das erzählt sie uns in der Abgeschlossenheit des Office. ER ist wütend, daß ICH so ausweichend blieb, daß ICH nicht nur keinen Gebrauch machte von diesem Motiv, sondern sofort so weit wie möglich wegstrebte davon. Mümmelnd, mampfend, verlegen, aber verbergend, daß ICH verlegen war.

Er: Hättest du wenigstens zugegeben, wie verlegen du warst wegen dieses bißchens Sexualstoff. Dann hätte sie vielleicht gelacht, dann wäre nämlich ER eingesprungen und hätte endlich die Führung übernommen.

Hör auf, sagte ICH.

Er: Heute morgen hat sie uns zu Thanksgiving eingeladen. Was machen Sie an Thanksgiving?

Ich, sofort: Meint SIE die drei Tage oder nur den Turkeyfreßabend! Gemeint war doch: zu ihren Eltern heim. Damit ist doch alles gesagt. Zu ihren Eltern!

Er sagte nichts mehr.

Ich sagte: Das ist ausgestanden jetzt, ja?!

Er: Laß mich in Ruhe, ich will nur noch fernsehen.

Mein Gesicht will abwärts fließen, wird gestaut durch den Mund, zieht den Mund links und rechts hinab.

Der Blick dieses seine Brüste zelebrierenden Mädchens. Und andauernd zieht sie das rutschende Leinenkleid über die sich sträubenden Hügel. Sie schaut einen an, als wisse sie, was man, wenn man sie anschaut, denkt. Dabei – das weiß man sicher – weiß sie das nicht.

Man wird, wenn man länger allein ist, unwillkürlich feierlich oder säuisch. Man möchte auf irgendeine Art verkommen.

Das Notieren ist das provisorische Abdichten eines Lecks bei einem Schiff, das untergehen wird. Man braucht eine Beschäftigung.

Clarence Quale, der Emeritus vom Classics Department, stellt mir am Kaffee-Automaten einen Professor Tom Walker vor. Ich sehe, wie der mir Vorgestellte förmlich versteinert, denke: Was habe ich bloß getan! Drehe mich rasch zu dem zwei Meter weiter laut lachenden Professor Huber hin und höre noch, wie Tom Walker zu Clarence Quale sagt … I'm Donald Weinstein. It's the second time you are introducing me as Tom Walker. In mir produziert sich, was E. A. Poe aus diesem Vorgang gemacht hätte. Und dann: Was soll ich daraus machen? Clarence Quale ist längst emeritiert, aber er sagt, er halte es zu Hause nicht aus. Meistens steht er am Kaffee-Automaten herum und knüpft Gespräche an.

Am frühen Vormittag ein Mehralsgeräusch, sehr regelmäßig und nur durch die Laute der Frau hörbar. Die werden immer höher. Aber als sie dann immer noch steigen, wird klar, daß da jemand ein Fenster putzt mit einem Fensterleder und an einer Stelle so heftig reibt, daß es dann nur noch fiept, aber da wird auch schon klar: das ist kein Fensterleder, sondern eine Taube, oben am Rand des Lichtschacht-Innenhofs, der Luftschacht-fast-Innenhof verstärkt dieses rhythmische Gurren ungeheuer. Und dann wird schließlich durch die Art des Ausklingens klar, daß es sich doch um einen vormittäglichen Hotel-GV gehandelt hat.

Hotelschriftstellerei.

Mein Zimmernachbar wird immer angerufen und ist nie da. Ich bin immer da und werde nie angerufen.

Der Gast bemerkt, daß es ein System von Informationen über ihn gibt. Alles, was er tut oder sagt, wissen alle. Auch Leute, von denen er noch nichts weiß. Er trifft jemanden zum ersten Mal, und der sagt gleich: Ach, Sie sind gestern in Santa Barbara hängengeblieben. Nein, vorgestern. Aber gestern waren Sie schon wieder in Santa Barbara. Ich sage, als erkläre das alles: Es hat geregnet. Und, tatsächlich, mit dieser Art Antwort komme ich durch. Vorerst. Ein wirklich schönes Gefühl. Nur nicht leichtsinnig werden jetzt. Ach was, jetzt werde doch endlich ein bißchen leichtsinnig!

SIE in der Sprechstunde. Vor Nicht-in-Frage-Kommen möchte man vergehen. Also das möglichst rasch hinter sich bringen. Also den Anschein produzieren, als sei in dieser Welt nichts ernst zu nehmen. Ihre Pseudoprobleme mit echten Pseudoantworten abspeisen. Alles ist möglich. SIE soll machen, wozu SIE gerade Lust hat. SIE merkt sofort, daß das ihre Aufgabe unendlich erschwert. SIE will eine Anleitung, der SIE folgen kann. Eine Einengung auf eine fest umschriebene, ihren Fähigkeiten angepaßte Aufgabenstellung. Sein Angebot, daß es auf nichts ankomme, daß alles möglich sei, weist sie scharf zurück. SIE zwingt ihn, es genau zu nehmen, zu reden, als säße SIE nicht leicht und lässig auf dem Stuhl, die Beine geöffnet, den Pappbecher mit Kaffee von beiden Händen gehalten mittendrin.

Er hört inzwischen nicht mehr auf zu reden. Er ist nach einer halben Stunde heiser. Daß er nicht mehr kann, ist für ihn eine pathetische Weisung, doch ja weiterzureden. Da, wir sehen's doch, er kann nicht mehr, aber was tut er? Das Unmögliche. Er redet weiter, ohne auch nur das Geringste zu sagen zu haben. Der Alkohol? Das Alter? Das Alter plus Alkohol? Ältere als er, die deutlich mehr trinken als er, stehen dabei und lächeln ausdauernd.

Sieht er nicht die fürchterliche Geduld, die sie ihm gegenüber aufbringen? Schämt er sich, wenn er sich schon vor mir nicht schämt, nicht wenigstens vor denen? Er redet nur über sich. Das ist überhaupt seine Rechtfertigung. Es geht ihm um ihn. Er könnte, wenn er jetzt nicht weiterredete, nicht weiterleben. Also, bitte. Was ihm da gestern abend wieder passiert ist! Es ist immer nichts passiert, aber er erzählt es, als sei etwas passiert. Da kommen doch die solicitors, die von den Zeugen Jehovas, und in dem Moment huschte eine graue Katze, bevor das elektronisch bediente Tor ganz schloß, in die Garage, also mußte er wieder öffnen, die Katze war unter seinem Auto, wie sie hervorbringen, sie einschließen, ins Haus gehen, sie mit einer Nacht Garagenarrest bestrafen, weil sie hereingehuscht ist und sich nicht mehr unter dem Auto hervorlocken läßt, er brachte das nicht über sich. Er erzählt immer, daß er etwas nicht über sich bringt. Das, glaubt er offenbar, spricht für ihn, daß er etwas nicht über sich bringt. Aber er erzählt es natürlich so, als hasse er sich dafür, daß er dergleichen nicht über sich bringt. Und daß er sich dafür haßt, glaubt er auch offensichtlich, spricht noch mehr für ihn. Das ist überhaupt ein Erzählprinzip bei seinen Suaden. Zu erzählen, was gegen ihn spricht, damit es für ihn spreche. Wie lange muß er jetzt in der Garage um das Auto herumrennen, wie oft mit seinen Füßen auf den Betonboden stampfen, wie oft sich bücken und wie tief, und alles umsonst. Also rennt er hinaus, sucht einen Ast, einen Prügel, um das widerwärtige Tier, das mit riesigen Angstaugen unter seinem Auto hockt, durch möglichst grobe Berührung zu verjagen. Erst jetzt, als er mit einem Stecken, den er zwischen den Latten des Zauns zum Nachbarn durchzog …

An dieser Stelle kann es sein, daß der Nachbar drankommt, die Katze vergessen wird, weil des Nachbars Frau Hautkrebs hat, der so angefangen hat wie das, was er selber auf seinen Unterarmen entdeckt. Bitte, hat hier jemand ähnliche Hautstellen? Nach Frauenunterarmen greift er jetzt ganz direkt und hält sie neben seine mäßig behaarten, eher schwächlichen Unterarme. Hautkontakt inklusive. Er weiß, daß er Hautkrebs hat, aber er will es nicht wissen. Sagt er. Kurzum, er ist der ärmste, reichste, kränkste, gesündeste, der schwächste und der stärkste Kerl der ganzen Welt. Mehr will er ja gar nicht sein. Das wird er doch wohl noch sagen dürfen. Allen sagen, die, wenn sie sich dafür nicht interessieren, das längst hätten zum Ausdruck bringen müssen. Das wäre doch wohl die niedrigste Gemeinheit, Interesse zu heucheln, wo keins ist. Es stiehlt sich ja immer wieder einer weg. Er tut, als bemerke er es nicht. Es provoziert ihn aber zu noch heftigeren Erzählanstrengungen. Das wollen wir jetzt doch einmal sehen. Allerdings, wenn die letzte Frau aus dem Kreis der Zuhörer verschwunden ist, verstummt er. Sozusagen jäh. Dann sagt er, zu Clarence Quale gewendet, er fürchte, er habe Männern nichts zu sagen. Clarence Quale lächelt. Und trinkt. Jetzt hat er überhaupt nichts über die Hunde des Nachbarn erzählt. Der eine ganz blind, der andere fast. Daß es ihm nichts ausmacht, von mir durchschaut zu werden! Nachher, wenn wir mit unserer Entzweiung wieder allein sind, sage ich zu ihm: Du würdest jede nehmen.

Er: Stimmt. Aber wieso ist das vorwerfbar?

Ich: Was soll denn das? Nur, daß es nachher noch ein bißchen weher tut? Wir sind jetzt doch schon ganz schön angeschlagen.

Er: Du und angeschlagen.

Ich: Gut, komm, gehen wir in die Abteilung, holen die Undergraduate-Liste heraus, notieren die drei bis sechs Telephonnummern, die für Angequatschtwerden überhaupt in Frage kommen.

Das sage ich, weil ich weiß, daß er dazu nicht im Stande ist. Das will ich ihm demonstrieren.

Du willst sie doch auch, sagt er.

Ich: Wen?

Er: Jede.

Ich: Du tust alles, jede merken zu lassen, daß du sie willst. Ich tue alles, jede merken zu lassen, daß ich sie nicht will. Und überhaupt: Ich will nicht jede.

Er: Ich doch auch nicht.

Ich: Weiß ich doch. Wir wollen ja beide dasselbe, nur will ich es nicht wollen, und du willst es. Velle non discitur, gell. Du willst ja auch vor allem eine. Eine bestimmte. Das ist der Wahnsinn. Chris! Der die weißgold glänzenden Haare aufs Hemd fallen. Und unter den weißgoldenen, also rein platinfarbenen Haaren schimmert dunkles Braun. Zuerst reichen ihre braunen Beine aus blauen Turnhosen bis in die Turnschuhe, eine Viertelstunde später kommt sie, die Turnschuhe in einer Hand, hat jetzt eine beige Hose an, nicht mehr ganz so kurz, ein viel edleres Gewebe, und die Platinhaare fallen jetzt auf ein schwarzes Hemd und die Füße sind in feinsten Hellcognac-Schuhen mit fast flachen Absätzen.

Er: The sex-driven-male!

Er sagt, daß er nicht zurechnungsfähig sei, wisse er selber.

Deshalb die Entzweiung, sage ich. Ich will nicht blau werden vor Angst, daß gleich geschieht, was ich möchte, daß es geschehe.

Schließlich einigt uns die Aussichtslosigkeit. Die Trennung schmilzt. Aber immer noch bleibt spürbar, daß er die Aussichtslosigkeit anders empfindet als ich.

Am nächsten Tag fehlt SIE.

Er: Da hast du's. Ist doch klar. Gestern blieb sie sitzen, bis alle anderen draußen waren. Und du! Du Erzdepp. Du gehst nichts als hinaus. Läßt sie sitzen.

Ich: Ich sage dir, warum sie heute nicht in die Klasse kam. Sie schläft jetzt mit dem, mit dem sie die Nacht verbracht hat, tief in den Tag hinein. Wenn du sie in diesem Augenblick sähest, könntest du ihre Glieder nicht von seinen unterscheiden.

Er: Hellseher.

Ich: Verglichen mit einem Blinden, bitte.

Er: Sex-driven-male halt.

Ich: Morgen spreche ich in der Klasse über einen Rousseau-Gedanken: Alle Vorkehrungen beweisen nur, wie nötig sie sind. Und: Man sucht keine Mittel gegen nicht vorhandene Übel.

Er: Spielverderber.

Ich: Wenn schon, dann Ernstverderber.

Er: Ich spreche morgen über Freud: Abreagieren oder ungehemmte Assoziationsverarbeitung, sonst pathogen.

Ich: Zu spät.

NY Times: HAVE IT ALL NOW. There is absolutely no reason why you can't have it all now.

Den Abend verlängern. Nicht ins Bett. Lippenschmatzen, tränenweinen, haareraufen, brüstefeiern, schenkelverklären, papierfressen, grölen, schweigen, den Anständigen spielen.

Daß es Menschen gebe, die verschieden alt sind, ist ein Irrtum, verbreitet von Jüngeren. So lange ein Mensch lebt, ist er gleich alt wie alle anderen Lebenden.

Das Altwerden beziehungsweise seine Folgen wirkten, wenn man sie gestünde, wie eine Niederlage.

The more you buy the more you save.

SIE wollte um 2 Uhr 30 da sein. Nach all den Verrenkungen, die ihr vorgeführt wurden, bleibt SIE jetzt endgültig weg. Ich, froh.
Er, deprimiert.
Ich: Ich glaube dir nicht, daß du etwas willst von ihr. Du kannst es dir nur leisten, so zu drängen, weil ich alles verhindere. Sobald ich dir den Weg freigäbe, würdest du kein bißchen mehr drängen, sondern so ängstlich zurückweichen wie ich.
Er: Also, geh weg, laß mich doch.
Ich: Ich weiß, daß du nichts unternehmen würdest.
Er: Also los, hau' ab jetzt! Weg mit dir.
Ich: Ich kann nicht.

SIE hat einen offenen Schritt, einen beim Gehen andauernd sich öffnenden, einen empfängerischen Schritt.

Verbot, Verbot, Verbot. Der Lebenswunsch hört auf nichts als auf sich selbst. Er rennt in jede Richtung. In viele Richtungen gleichzeitig. Er ist weder durch Logik noch durch Ethik, noch durch Komik zu bändigen. Vernunft ist ihm fremd. Er ihr.

Gestehen ist alles.

Gestehen genügt nicht, du mußt lügen.

Wenn du ausweichst, verfolgt dich das, wovor du ausweichst.

Das Geschlecht ist nichts Persönliches. Es ist das schlechthin Öffentliche, ist für alle da. Bediene sich, wer kann. Bediene, wen du kannst. Daraus entsteht nichts. Wir kommen zusammen für die kürzeste Zeit und gehen, als hätten wir gegessen, getrunken, die Hände geschüttelt. Ja, das haben wir, die Hände geschüttelt, heftig sogar; nicht aufhören konnten wir, einander die Hände zu schütteln. Also in der Stunde danach hat keiner von uns beiden das Bedürfnis gehabt, jemandem die Hände zu schütteln. Wir hatten vom Hände-schütteln wirklich genug. Aber dann waren wir auf einmal wieder bereit und willens, sogar scharf dar-auf, jemandem die Hände zu schütteln. Mehr ist es nicht. Ob am Strand des Ozeans, auf dem Ge-birgskamm oder in der mit Samt ausgeschlagenen Schachtel eines Zimmers, mehr ist es nicht. Aber das genügt ja. Ja, das genügt.

Hast du's mit den Sätzen schwer, wenn du die Sätze mit sich selber oder nur wenn du sie von dir sprechen läßt?

HH kannte das Wort surcease bei Poe nicht.

Bösartigkeit ist eine Rache dafür, daß man nicht kann oder nicht darf.

In der Lounge sitzt jetzt immer einer im Rollstuhl an dem Weltraum-Elektronik-Spiel. Man hört die Schüsse, die er feuert.

HH am Kaffee-Automaten: Literaturgeschichte ist Ideologieforschung. In der Regel wird der veränderbare antagonistische Charakter einer bestehenden Gesellschaftsordnung beziehungsweise -unordnung geleugnet. In keinem Roman arbeiten die Menschen wirklich. So HH.

Der Abend, der ein MUST war, beim Emeritus Dean Dine, dem Doktorvater. Sogar Gloria hatte diesen Abend von Abhaltungen freigeschaufelt.

Als der Professor aufs Gaspedal trat, sagte Gloria: Don't be fuelish.

Bruce hatte mir gesagt, daß der riesige Wohnraum des Emeritus beherrscht werde von einem riesigen Porträt von Billy Wilder. Der Emeritus sei befreundet mit Wilder und sei dabei, eine historisch-kritische Ausgabe der Wilderschen Drehbücher

vorzubereiten. Nobody's perfect, hatte ich dümm-
lich gesagt. Dann war ich aber froh, daß Bruce
mich vorbereitet hatte. Der Emeritus schmunzel-
te. Ich müsse weder Überraschung noch Bewun-
derung abliefern, er wisse, daß Bruce leider jeden
Besucher präpariere, so daß glaubwürdige Reak-
tionen auf die Wilder-Wand nicht mehr zu erwarten seien. Und so einem Verräter habe er testa-
mentarisch seine Goethe-Ausgabe letzter Hand
zugedacht und die erste Heine-Ausgabe, die in
Philadelphia in Heines Todesjahr herauskam, und
eine Rousseau-Ausgabe aus dem Hause Mendelssohn, von Mendelssohn selber signiert. Als der
Emeritus nach dem Essen wieder berichten wollte, daß er Bruce die Goethe-Ausgabe letzter Hand
zugedacht habe, rief die feenhaft junge, geradezu
verwunschen lieblich aussehende Irene drei: Das
hast du Herbert doch schon erzählt, Dean, du
wirst senil.
Emeritus: Wirst!! Schmeichlerin!
Irene: Ist er nicht göttlich!
Emeritus: Sagt sie, und jeder weiß, sie ist Atheistin.
Aber ich hätte jede seiner Mitteilungen gern auch
zweimal gehört. Das ließ das goldblond einge-
wachsene Geschöpf nicht zu. Goldene Wimpern.
Ein Näschen, zu dem einem nichts als Marzipan
einfallen konnte. Und angezogen wie eine schwe-

dische Kinderbuchillustration aus dem 19. Jahrhundert. Eine Zierlichkeit schlechthin. Stimmchen, Figürchen, Händchen, Mündchen usw.

Der Emeritus besteht nur noch aus Erzählen. Sobald er den Mund aufmacht, entsteht Vergangenheit. In Frankfurt war Kongreß, er trifft Robert Jauß, große Begrüßung. Jauß: Er wird in seinem Vortrag den Emeritus dreimal zitieren. Der Emeritus: Und so was muß ich versäumen, weil ich mich vom schnöden Fernsehen habe überreden lassen. Daß er Irene hinschicken würde, es war Irene zwei, by the way, hat er dem Jauß nicht gesagt, weil er wußte, der würde die Zitate, wenn der Zitierte nicht im Saal ist, streichen. Und so war's dann auch. Der hat die Zitate gestrichen.

HH am Kaffee-Automaten: Gestern in den Zehnuhr-Nachrichten sei – aus Wien – berichtet worden von einem Theater-Stück, in dem gesagt wird, in Österreich gebe es heute mehr Nazis als 1938. Was sagen Sie dazu?
Ich sagte: Ich weiß nicht, was ich dazu sagen soll
HH: Das habe ich mir gedacht.

Der Professor taucht nur noch auf, um zu sagen, daß er keine Zeit hat. Sein Celan-Paper. Er hat immer noch nicht angefangen. Er hat Angst, es könne, was er sagen werde, banal sein. Stellen Sie sich vor: Celan, und dann banal. Dabei sei in ihm nichts so deutlich wie die Lust, über Celan banal zu sein. Er hat Angst, sagt er, vor sich selbst. Und, deshalb, um sich selbst.

Clarence Quale am Kaffee-Automaten: Das Gynäkologie-Niveau der Kaiserzeit habe man erst um die Mitte des 19. Jahrhunderts wieder erreicht. Wie dumm, einen Ort zu verlassen, an dem man Briefe bekommen könnte, und irgendwohin zu fahren, wo man keine bekommen kann.

Ich gebe nicht auf. Das wundert mich.

Nachher noch bei Farentholds. Der Professor sagt, ein Abend bei Farentholds sei ein MUST. Er, der Mediävist aus Virginia, ein genialer Bastler, weitläufig verwandt mit Jefferson, der ja auch ein genialer Bastler gewesen sei. Als wir hinkamen, duschte sich Farenthold gerade, weil er sich beim

Auswechseln einer Benzinpumpe eine Benzindusche zugezogen hatte. Ella spricht am meisten und am lautesten. Sie ist lebhafter, als man es sich wünscht. Aber vielleicht gönnt man ihr Lautstärke und Lebhaftigkeit nur nicht, weil sie in ihrem drangengen Anzug so dick wirkt, dann denkt man unwillkürlich, dick gern, aber nicht auch noch laut. Und dieses *nicht auch noch* ist die Gemeinheit. Man könnte sich doch sagen, daß sie gerade deshalb so laut und so lebhaft sein muß.

Ihr hat gerade ein Science-fiction-Roman imponiert. Also diese Frau mit dem Schwanz. Sie möchte auch einen Schwanz, sagt sie, was man mit so einem Schwanz alles machen kann. Alle schauen jetzt gespannt zu ihr hin. Oder doch nur ich? Man könnte ihn in die Hand nehmen und, wenn einer raucht, damit den Rauch vertreiben. Oder sich selber streicheln damit.

Oder den Tisch abwischen, sagt der zum Praktischen tendierende Gatte.

Ach so, dachte ich.

Dann wurde klar, dieser Schwanz im Roman stammt letzten Endes von einem Cougar, und der Cougar ist das Maskottchen eines texanischen Football-Teams.

Kaum hat Ella Farenthold uns das verarbeiten lassen, intoniert sie genau so laut, sie würde, falls ihr Mann sie betrügen sollte, das sofort entdecken. Als sie heute von der Firma heimkam, sah sie sofort am Kissen auf diesem Stuhl – und zeigte scharf hin –, daß jemand da gewesen war. Das Kissen war so zusammengedrückt, daß es ein schwergewichtiger Mensch gewesen sein mußte – also ein Mann, denn ihr Mann mag eine solche Frau nicht. Da es jetzt sehr still war, sagte ihr realistisch denkender Mann, seine Frau sei ein Migränetyp, das heißt, sie reagiere auch auf die geringste Veränderung im Sichtbaren sehr empfindlich. Also wenn er seine Frau betrügen würde, dann müßte es mit einer Migränefrau sein, die das alles genau so intus hätte und dadurch vermiede. Aber, sagte er kopfschüttelnd, eine Migränefrau reicht. Sie sehen, rief Ella laut, er will keine mehr von dieser Sorte. Farentholds Kopfschütteln wurde ein schweres Nicken. Morgen fliegt Farenthold an die Ostküste. Zu Jonathan McNulty. Wenn man nicht weiß, wer Jonathan McNulty ist, muß man fragen: Wer ist das? Und erfährt: Das ist der Mediävist der Universität von Maine. Sie laden einander zu Gastvorträgen ein. Sie lassen ihre Etats einander zugute kommen. Und nichts begreift man mehr. Herr Farenthold wird über den Minnebegriff bei

Wolfram sprechen, mehrere Lobster verspeisen, vielleicht sogar in Bar Harbor. Von Maine dann nach Kalamazoo, Michigan, zur Jahrestagung der Mediävisten. Es wird deutlich, daß jeder von uns Herrn Farenthold das Gefühl geben muß, das Mittelalter sei noch wichtiger, als Herr Farenthold das selber schon gedacht hatte. Er wurde, als wir ihm das vermittelt hatten, richtig fröhlich. Kurz bevor wir aufbrachen, sagte er sogar noch, die heutige deutsche Literatur sei ja nun wirklich das Unwichtigste in der ganzen Welt, deshalb dürfe er als Mittelaltermann einfach nicht verzweifeln.

Unvergeßlich wird bleiben der Elefantenfuß als Blumenständer unter den Riesenzähnen an der Wand. Fragen hätte man müssen, ob die Zähne von dem Elefanten stammten, dessen Fuß Herr Farenthold zum Blumentopf geformt hat. Zwei Sonderdrucke seiner letzten Veröffentlichungen hat er mir noch mitgegeben.

An den Schriften, die einer einem von sich gibt, sieht man, für wen er einen hält. Damit weiß man auch schon, wie man reagieren muß. Als Gast.

Geträumt, daß Herr Farenthold, bevor wir das Haus verließen, plötzlich Pistolen verteilte. Und zwar uns zuliebe. Wir hatten ihm dafür heftig zu danken. Aber er sagte uns nicht, ob die Pistolen geladen seien, und ob sie, falls sie geladen sein sollten, gesichert seien, und wie man sie, falls sie gesichert sein sollten, entsichere, oder ob sie geladen und gar schon entsichert seien. Man hatte das Gefühl, man dürfe die Pistolen überhaupt nicht berühren. Sie wurden einem selbst gefährlicher, als sie je einem anderen werden konnten.

Die Sonne sagt mir, wenn sie pazifikwärts versinkt und breit und massiv Altgold verströmt, halt du mich fest, sag mich weiter. Du bist der Schnittpunkt von Zeit und Raum, dein Name ist Augenblick, stimmt's. Ja, Sonne, sag ich, es stimmt.

Wenn HH dich fragt, wie es dir geht, und du sagst, es gehe dir nicht so gut, dann beweist sie dir, daß es dir gut geht.

Die dicken Schwarzen machen die Zimmer, die schlanken servieren das Frühstück. Es hängt nur von der Figur ab, wie viel oder wie schwer du arbeiten mußt. An der Universität werden auch Humanities gelehrt.

In der Halle riecht es nach Kuchen, sagte SIE, als SIE eintrat. Ich wußte nicht, was ich darauf sagen sollte. Nur wenn jemand in dem, was er sagt, deutlich eine Tendenz ausdrückt, kann ich entsprechend reagieren. Ich kann offenbar nur reagieren.

SIE ist erregt, durcheinander, empört. SIE hat eine schlechte Note kassiert. The teacher – ob Mann oder Frau wurde nicht deutlich – hat im Seminar Gedichte ausgegeben ohne Namen des Autors. Die Studenten mußten die Gedichte zeitlich ordnen und die Autoren charakterisieren. SIE kriegte zwei Gedichte, die nicht vergleichbar waren mit den Gedichten, die man bisher im Kurs behandelt hatte. Das sagte und begründete SIE. Nachher sagte the teacher, eigenartig lächelnd, diese zwei Gedichte seien Gedichte des teachers. SIE bekam ein C für diesen Kurs. Aber wer the teacher war, sagte SIE nicht. Es reicht, daß sie ihm jetzt alles gesagt hat. Und er denkt: Wenn das alles ist.

Spencer Farenthold kriegte in Kalamazoo kurz
vor seiner Vorlesung den Aktenkoffer nicht auf,
ließ eine große Büroschere holen, setzte sie an,
will den Deckel aufwuchten, die Schere rutscht
aus, er sticht sich tief in die Hand, mußte, bevor er
vortragen konnte, ärztlich versorgt, das heißt ge-
näht werden, twelve stitches.
HH: Die Büroschere hat er offenbar nicht erfun-
den.

Sie sollten mich nicht unterschätzen, sagte heute
HH, als ich dazukam, wie sie sich Kaffee heraus-
ließ. Ich sagte, daß es nicht zu meinen Gewohn-
heiten gehöre, irgend jemanden zu unterschätzen.
Im Gegenteil. Dann ist es gut, sagte sie. Sie könne,
sagte sie, sehr böse werden, wenn sie merke,
jemand unterschätze sie. Und sah mich an. Und
sprühte. Der reine Kampfengel. Dabei ist sie doch
wirklich klein, allerdings immer mit diesen Dritte-
Welt-Textilien überworfen und eben immer mit
diesen zwei Kreuzen ausgezeichnet, das eine eng
am Hals, das andere im nie recht beginnen kön-
nenden Ausschnitt.
Sie gelte hier herum als böse und sei, obwohl sie's
nicht sei, sehr einverstanden mit diesem Etikett.
In dieser Lächel-Society. Einigen hier kursieren-

den guys habe sie Schaden zugefügt, zufügen müssen, weil's sonst keiner tut. Stanley, zum Beispiel. Angezeigt von ihr wegen sexual harassment. Verübt an einer ihrer Studentinnen. Im Lift. Also, watch your step. Bye. Und schob ab.

Der Professor: HH's Kreuz und Kreuzchen sind tatsächlich Orden. Von der Königin Wilhelmine ihrem Großvater verliehen. Der hat die Diamantenschleiferei oder den Diamantenhandel – das weiß der Professor nicht so genau – nach Amsterdam gebracht. Wenn ein so Ausgezeichneter starb, sollten die Orden in den Sarg gelegt oder zurück an die Königin gegeben werden. Es ist gelungen, die Orden für die Enkelin zu retten.

Auf dem Campus Büsche, deren Blüten aussehen wie Vögel. Rot gesträubte dünnste Strahlen. Wie Federn. Ein Hummingbird bedient sich gerade.

Drei leere Busse auf dem leeren Parkplatz, auch kein Fahrer drin, aber alle drei Motoren laufen.

Zwei Arbeiter knien neben einem Zementdeckel über einem offenen Schacht und kontrollieren in einem vielfarbigen Leitungsgewirr, welche Kabel Strom haben. Der Werkzeug-LKW der beiden steht daneben. Mit laufendem Motor.

Nirgends so oft kreischende Keilriemen wie hier.

Der Fremdwörterschmerz. Ein Wort wie *Projektor* tut weh. Schneidet. Ins Seelenfleisch.

HH heute am Kaffee-Automaten: Wer was sein wollte von den Damen, ging einmal die Woche zum Friseur, dann zum shrink. Shrink? Psychiater. Sie müssen noch viel lernen. Ich nickte.

Ihren Blick, ihren Augenausdruck hält man zuerst für nichts als kühn. Allmählich entdeckt man den Leidensanteil in ihrem Blick.

Man will den anderen keine Gelegenheit geben, zu sehen, wie man wirklich ist, deshalb stürmt man auf sie ein mit Gerede, tanzt vor ihnen herum mit Gefuchtel und Entblößung. Man kann nichts schonen. Weder sich noch andere. Dann die Nächte voller Jammer und Angst.

Die Sonne meint mich nicht.

Clarence Quale am Kaffee-Automaten über die Zusammensetzung einer Kommission: We had every kind of mix you can have: a black, a woman, two Jews and a cripple.

Die Studentin mit der riesigen Unterlippe und einer Nase, die dieser sich aus dem Gesicht weg-schwingenden Unterlippe offenbar nachschwin-gen wollte, diese Studentin, die immer über dem Tisch lag, als könne sie sich bei diesem Unterricht vor Langeweile einfach nicht aufrecht halten, die hatte, als er die ersten Aufgaben verteilte, gesagt, sie könnten mit dieser Aufgabenstellung nichts anfangen, sie seien erzogen und geschult und ge-wöhnt, so sagte sie es mit großer Bestimmtheit und einem flotten, auf weiteres Nachdenken nicht mehr angewiesenen Tempo, erzogen, geschult und gewöhnt, rationale Aufgaben gestellt zu bekommen und diese Aufgaben rational zu lösen. Was er in diesem Sinne zu den von ihm gestellten Aufgaben zu sagen habe? Es war ganz klar, daß sie von ihm erwartete, er möge seine Aufgaben zurücknehmen. Vielleicht war in ihrer Äußerung auch Ohnmacht, vollkommene Verlegenheit, weil seine Aufgaben ihr unlösbar vorkamen. Vielleicht war sie sogar verzweifelt und bat ihn, doch bitte nicht so gedankenlos über ihr und ihrer Kollegen und Kolleginnen Schicksal hinwegzugehen. Erst als er in seinem Zimmer über diesen Augenblick nachdachte, kam er darauf, daß sie auch aus Schwäche und Unsicherheit so gesprochen haben könnte. Im Klassenzimmer aber hatte er nur geglaubt, sie wolle ihn jetzt vor allen blamieren, sie wolle ihn zwingen, endlich zu gestehen, daß er gar kein Lehrer sei, sondern ein Hochstapler. Deshalb hatte er nicht nachgeben können.

Im Traum war *howdirity* zu übersetzen. Angeliefert als Studentenjargonfloskel. Ich sollte übersetzen. Und ich übersetzte *how dire – wie sagen*, also ist *howdirity* die *Wiegesagtheit*. Im Traum war's eine Leistung, auf die ich im Traum stolz war.

Auf dem dreireihigen Palmenboulevard geht Bruno Bettelheim spazieren. Ich glaube, ihm ist alles gleich. Gegen sein besseres Wissen läßt er sich abends abholen zu einem Vortrag und hält seinen schönen Vogelkopf in den Sturm der jugendlichen Fragen. You people need celebrities, I know that. Hat er gestern abend gesagt. Er schien es eher zu bedauern. Meßmer gegenüber hat er deutlich bedauert, daß hier die Psychoanalyse Seele mit mind übersetze.

Mein Vorgänger als Gastprofessor an der UCLA war ein französischer Intellektueller, der offenbar immer gleich schlecht gekleidet war. Ihn hat HH gefragt: Wer trägt Ihre Sachen, wenn sie neu sind?

Heute, HH am Kaffee-Automaten: Die USA haben ihre Verbrechen in Gebieten begangen, in denen farbige Bevölkerungen leben. Das ist ihr Glück in der weißen Medienwelt.

Nichts Überredendes. Immer wieder innehaltend. Süchtig nach Halt. Aus Angst vor dem Mangel an Richtung. Ekel vor jeder Abenteuerdraperie. Kein bißchen Märchenkraft. Keine Spur Männlichkeit. Überhaupt kein Rang. Beförderungslos. Ziemlich schwer. Also ruhend. Ausruhend. Wartend. Nicht hoffend. Aber wartend. Also geduldig. Nein. Unruhig. Also nicht ruhend. Bewegungslos. Aber gehetzt. Gespannt. Ja, gespannt. Es gibt nur noch Ereignisse. Eine Fliege, ein Motor, zwei Staatsbesuche, vier Todesanzeigen, das Schrillen des Telephons, Erinnerung an eine Fahnenstange, Rost an der Jalousie, der Duft von feuchtem Laub, Gelächter zweier alter Männer vor der Plakatwand.

Depression – ein Name für Illegitimität.

Nichts wird so hoch bezahlt wie Selbstbewußtsein.

SIE fehlt jetzt immer. Zuletzt trug sie ein windiges weißes T-Shirt und eine dunkelblaue unten bis an die Knöchel reichende Trainingshose und farblose alte Turnschuhe. Sie hinkte ein bißchen.

Genagelt ins Nichts. Ein Tourist, auf frischer Tat ertappt. Vögel ohne Flügel mästen sich an mir. Nachher bin ich ihr Klo. Schrie' ich, wär's dein Name, und ich schluckte den Schall.

Auch wenn nichts einen angebbaren Sinn hat, ist nicht auszuschließen, daß ein unauffindbarer Sinn existiert. Sinn ist ja der vorsichtigste Ausdruck für Richtung. Und die hat ja schon Natur. Man kann sich da anschließen.

Wir haben den Befehl zu leben und müssen so tun, als gehorchten wir gern.

Der Professor beim Celan-Kongreß in Amherst, HH beim Komparatisten-Kongreß in Philadelphia. Die Abteilung wirkt feiertäglich leer.

Ich darf mir nicht noch einmal mit den Nägeln durch das Gesicht fahren. Man weiß nie, wozu das führt. Ich fürchte, ich könnte dann nicht mehr aufhören.

Wer nichts nützt, schadet.

Gestorbene haben Briefe geschrieben. Die Briefe
Gestorbener liest man mit besonderem An-
spruch: sind diese Briefe der Tatsache, daß ihre
Verfasser gestorben sind, würdig?

Clarence Quale heute am Kaffee-Automaten: Zu
meiner Schande muß ich gestehen, daß ich in
meiner späten Pubertät ein großer, fast schwär-
merischer Hamsun-Verehrer gewesen bin.

Sich aus dem Staub machen.

Bruce Hubers Anführungszeichen, mit Zeige-
und Mittelfinger an beiden Schläfen produziert,
können sich auswachsen zum gehörnten Mann.
Ich sage ihm das nicht, als ich mich verabschiede.
Aber ich befürchte es. Glorias Abhaltungen haben
zugenommen. Über seine Gedichte, habe ich gesagt, werde ich ihm lieber schreiben. Und um der
Gleichbehandlung willen, Helen Hickenlooper
auch. Vor lauter Kurs und Klasse sei ich praktisch

zu nichts gekommen. Und verschwieg: Zu nichts als nichts. Mehr gibt es ja nicht.

Von zuviel Reise abgewetzt, tauch ich den Kopf in den Schaum der Einbildung.
Fünf Herren bei mir im Clairemont, ich auf dem Bett. Am hellen Tag. Die Herren wirken, weil sie um mich herumstehen und zu mir herabschauen, wie Ärzte. Richtiger: Wie meine Ärzte. Wie meine um mich sehr besorgten Ärzte. Bruce, Stanley, Clarence Quale, Spencer Farenthold und sogar Dean Dine. Was für ein Aufwand, zwei Wochen vor dem Rückflug, sage ich. Und sie sagen, sie seien gekommen, weil ein Gerücht kursiere, sagend, daß ich gern noch eine Abendveranstaltung vorschlüge, gern noch einen Vortrag halten würde über Nietzsche. Warum, bitte, woher dieser Wunsch, über Nietzsche zu sprechen. Herbert!
Es klingt, als sprächen sie den Namen fünfstimmig aus. Fast Comedian Harmonists. Bitte, ich erklär's Ihnen gern. Ich bitte die Herren aber zu bedenken, daß Amerika für mich immer schon die Welt war, in der sich Wünsche erfüllen. Nun zu diesem, meinem letzten Wunsch. Für diesmal.
Ich habe mir immer schon gewünscht, eingeladen zu werden, ein Referat über Friedrich Nietzsche zu halten. Titel:

DER NIETZSCHE-REFERENT.

Viel mehr als diesen Wunsch und den Dank dafür, daß er mir jetzt erfüllt wird, hätte ich dann nicht vorzutragen. Aber allein über diesen Wunsch könnte ich lange sprechen. Noch ist es ja nicht mehr als ein Wunsch. Und der wird wahrscheinlich einer bleiben. Nur deshalb kann ich ja darüber sprechen. Kein Mensch wird mich je einladen, über Nietzsche zu sprechen. Ich bin kein Kenner, kein Fachmann und überhaupt kein Philosoph. Ich bin all das nicht, was ich gern wäre. Was aber ist einer, der all das, was er gern wäre, nicht ist? Darüber würde ich gern sprechen. Aber das geht nun wirklich nicht. Da wäre ja die Welt voller Referenten. Und sie ist heute schon voller davon, als gut ist. Ich muß allerdings sagen, der Wunsch, über Nietzsche zu sprechen, ist bei mir schon sehr alt. Ja, er ist sogar älter als ich. Mein Vater, der nun schon so lange tot ist, hat auf nichts so sehnlich gewartet wie auf die Einladung, über Nietzsche zu sprechen. Das ist ganz sicher. Ich habe ihn, weil er starb, als ich noch ein Kind war, so gut wie nicht gekannt, aber alles, was ich von ihm erfahre – und ich forsche ununterbrochen in allen Verbliebenheiten nach seinem nie bis zur Reife gediehenen Wesen –, alles beweist mir, daß er nichts lieber getan hätte, als über Nietzsche zu sprechen. Bitte, bedenken Sie, er war zehn Jahre alt, als Nietzsche starb. Und er muß schon in aller Kindlichkeit und Jugendlichkeit alles gespürt und eingeatmet haben, was in dieser Zeit aufbrach, aufbrach wie eine zu lang vernachlässigte Wunde. Ich übertreibe nur ein bißchen, wenn ich sage, mein Vater hätte über Nietzsche sprechen können, auch wenn er nie lesen gelernt hätte. Mein Vater hat alles mitgekriegt. Das ist ganz sicher. Natürlich konnte er den Wunsch, über Nietzsche sprechen zu wollen, nie aussprechen. Nicht, daß das als Anmaßung empfunden worden wäre, die Leute um ihn herum hätten gar nicht gewußt, was er will. Vielleicht hat mein Vater manchmal vor Leuten, von denen er wußte, daß sie den Namen Nietzsche noch nie gehört hatten, doch gesagt: Am liebsten würde ich einmal über Nietzsche sprechen. Ein bißchen komisch hat er sein dürfen. Das haben sie ihm erlaubt. Zu den Menschen, die den Namen Nietzsche nicht gehört haben konnten, gehörte, bis mein Vater diesen Namen vor ihr aussprach, auch meine Mutter. Ich habe keinen Beweis dafür, daß er vor meiner Mutter, zu meiner Mutter sagte: Ich möchte gerne einmal eingeladen werden, über Nietzsche zu sprechen. Ich bin aber ganz sicher, daß das vorgekommen ist. Er liebte meine Mutter, und dann stellte sich heraus, daß sie an dem Tag geboren worden war, an dem Nietzsche gestorben ist. 25. August 1900. Meine Mutter hat, als er das sagte, sicher genickt. Ihr blieb nichts anderes übrig, als zu dem, was er redete, zu nicken. Und viel Zeit hatte sie ja ohnehin nicht, da sie ihn praktisch ernähren mußte. Sie mußte ihn in sein Zimmer sperren. So stark war meine Mutter auch nicht, daß sie das Geschäft hätte retten können, wenn er mitgearbeitet hätte. Und wenn sie dann manchmal hereinkam und müde und erschöpft auf einen Stuhl sank, hat er sicher gesagt: Einmal über Nietzsche sprechen, das wär's. Dann hat sie genickt. Ich halte es für möglich, daß sie stolz auf ihn war, ohne daß sie wußte, warum. Ganz sicher war meine Mutter nie wütend, wenn mein Vater sagte, am liebsten würde er eben einmal über Nietzsche sprechen. Verzweifelt schon, aber wütend nie. Vielleicht hat sie ihre unternehmerische Arbeit auch dafür getan, daß er einmal über Nietzsche sprechen können sollte. Dazu ist es nicht gekommen. So alt ist also der gewissermaßen ererbte Wunsch. Vielleicht ist es verständlich, daß man ihn in Los Angeles unwillkürlich aufflackern sieht. Was ist nicht alles möglich in dieser Stadt! Daß es nicht möglich ist, mich einzuladen, hier über Nietzsche zu sprechen, versteht sich von selbst. Ich entschuldige mich dafür, daß ich diesen Wunsch nicht ganz und gar verbergen konnte. Sie sind aber auch viel zu sensibel! In Europa wird dieser Wunsch überhaupt nicht wahrgenommen, auch von Leuten nicht, die glauben, mich in- und auswendig zu kennen. Ich danke Ihnen. Mein Credo schlucke ich. Nietzsche ist die Fülle. Meine Herren, die Fülle. Nichts als die Fülle.

Die fünf Herren verschwinden, wie sie gekommen sind: auf eine unmerkliche Art.

Trostlos wird dieses prächtige Zimmer durch das dumpfe Geräusch der Klimaanlage.

Hassen muß man können, dann mögen sie einen.

Jemand schüttelt meinen Kopf.

HH am Kaffee-Automaten: German Quarterly will von ihr etwas über Nietzsche und Kafka. Das hat sie aber schon Studi Tedeschi in Rom versprochen. In diesem Aufsatz hat sie sich als Nietzsche-Laiin bezeichnet. Jetzt ist sie gespannt, wie die auf dieses understatement reagieren. HH hat, immer wenn sie zum Kaffee-Automaten kommt, Fahnen dabei, die sie gerade korrigieren muß.

Das Flugzeug flieht vor seinem Krach.

Beethoven, mein Selbstbehauptungslehrer. In den Lüften.

Die Stewardess ist auch älter geworden heute nacht. Sie sieht zerwirkt aus.

You may never again be able to go so far for so little.

Buy before you fly. Alles Gereimte wird ihn jetzt immer an Helen Hickenlooper erinnern.

Welch ein Zufall, daß man treu geblieben ist. Und wie feiert man ihn.

Sehnsucht und Enttäuschung entsprechen einander wie Licht und Schatten.

Die Kälte beißt Stücke ab von einem, wo sie was zu fassen kriegt.

Bäume im Nebel, Satzzeichen eines verlorengegangenen Textes. Man fährt an Gedichten vorbei.

Hier wird Becketts 80. Geburtstag gefeiert. Von lauter Ausgeräumten. Allen ist offenbar ganz beckettisch zumute. Jedem blüht die Leere aus dem Mund.

III

Wenn er merkt, daß er von anderen dazugezählt wird, spürt er, daß er bei weitem nicht so dazugehört, wie die anderen meinen. Das ist ihm immer so gegangen. Aber man kann sich nicht andauernd entziehen und distanzieren.

Er müßte sich viel entschiedener geben, als er ist. Aber alle diese Standpunkte sind es nicht wert, daß man sich für einen von ihnen entschiede. Überall stimmt etwas und stimmt etwas nicht. Aber die öffentlich Auftretenden gehören immer dahin oder dorthin. Und wenn sie dahin gehören, machen sie die, die dorthin gehören, schlecht. Und umgekehrt. In Wahljahren, also ununterbrochen, wird dieser Entscheidungszwang auch noch moralisch verbrämt. Die einen sind die Besseren als die anderen. Und die anderen sind die Besseren als die einen. Er stimmt immer heftig zu. Das schon. Aber eben beiden. Er findet, die einen seien wirklich besser als die anderen, und die anderen besser als die einen. Das muß er aber für sich behalten.

Einladung zu einer Wheatfield-Konferenz über Weltliteratur in Washington. Lord Weidenfeld und eine Getty-Erbin. Auf dem Papier als Trustees und Chair. Und Hans Magnus Enzensberger und Fritz J. Raddatz und Michael Krüger. Nicht doch lieber nach Moskau, wo Engelmann, Wallraff und Max von der Grün zu einer Konferenz sein werden? Am besten auf beiden Konferenzen sein. Am allerbesten auf keiner.

Einladungen innerhalb einer Woche nach Hongkong, Palermo, Athen, Monterey Ca., Paris, Urach, Bad Mergentheim. Also, nach Urach.

Reise-Allegorie.
Ich bin der Hauptbahnhof der Probleme. Auf Gleis eins fährt ein der Tod, bitte, nicht einsteigen. Vorsicht an Gleis zwei, es fährt durch die Liebe, die hier nicht hält. In Kürze fährt auf Gleis drei der verspätete Haß ein. Er endet hier. Bitte, Vorsicht bei der Einfahrt des Hasses.

Das Ehepaar streitet darüber, wo sie wann gewesen sind. '88 in Schweden oder '87? Er ist beleidigend sicher, daß er recht hat. Er holt sofort aus zu einem langen Beweis. Wenn sie nicht nachgibt, haben sie Krach.

Das Glück im fahrenden Zug. Als träfe dich nichts. Der Bistrokellner ist der Menschheit Edelstes, und mein Geliebter ist er sowieso. Sein schmalziges Lächeln, sein über den Gürtel schwappender Bauch. Ich will ihn lieben, lieben, lieben bis an das Ende der Fahrt.

Kein Widerspruch gegen irgendwen oder irgendwas. Eine Schlußkurve des scheinbaren Einverständnisses mit allem.

Nirgends ganz, zerlöst, ein Teil, und keine Zugehörigkeit, unpassend, wo ich sein will, Sehnsucht nach Fügung, Einklang.

Singend durch die Wüste meiner Seele, brandgeschatzt von allen Fakultäten. Durch die Rippen pfeift der Schicksalswind Melodien des Teufels, den ich schätze wie mein linkes Ei, das rechte wird von Gott bewohnt.

Keine Gelegenheit, Engel zu sein oder Feldherr. Essen und trinken wie alle. Fernsehen wie alle.

Wie alle sterben. Das Höchstegrößte, das du erreichen kannst: sein wie alle. Nach nichts schielen,
das darüber hinausginge. Gewöhnlich sein und
das ohne Glück. Das ist das Höchsteschwerste.
Anti-Voltaire.

Man muß nur schlimm genug sein, dann läßt sich
das nicht mehr angemessen bestrafen, also hat
man das Recht besiegt. Jeder große Wasauchimm-
mer beweist, daß ihm das Recht nicht gewachsen
ist.

Wir, die alles tun müssen, was von ihnen verlangt
wird. Widerstand können wir uns nur leisten
gegen die allergrößten Verbrechen, zu denen wir
eingeladen werden wie zu einem Abendessen.
Allmählich schwindet die Fähigkeit, kleinere von
größeren Verbrechen zu unterscheiden. Das ist
die Normalisierung. Unter allen Umständen.

Schnaufend schaust du dich um, denkst: entkommen, und siehst sie, sobald du den Kopf wieder
drehst, vor dir. Dichter als je.

Die rechte Angst will sich nicht einstellen. Man ist vom Leben überzeugt.

Man muß den Schlägern die Stöcke entreißen und sich selber prügeln. Aber überzeugend, daß sie sehen, man meint es ernst, sie können sich auf das Zuschauen beschränken. Sie merken nichts so schnell, wie wenn es einem nicht ernst ist. Sich zum Schein prügeln, das erbittert sie mit Recht. Es muß die Haut platzen, das Blut spritzen, wie wenn sie selber schlügen. Was sie zum Glück nicht wissen: Die Schläge, die man sich selber versetzt, sind, auch wenn die Haut platzt und das Blut spritzt, reine Wohltaten, verglichen mit den Schlägen der Schläger. Es tut einfach überhaupt nicht weh, den Stock aus dem Kopf über den Arm und die Hand auf eine Körperstelle zu führen. Es tut kein bißchen weh, was der Stock dann auf der Haut anrichtet. Wenn sie das merken – und ich fürchte, das läßt sich nicht verhindern –, dann werden sie mir den Stock ein für allemal aus der Hand reißen und mich endgültig zusammenschlagen. So sind nun einmal die Naturgesetze in ihrer jetzigen gesellschaftlichen Verfassung.

Außer dem Auto keinen Freund mehr. Seit der Hund tot ist.

Es soll doch keiner, dem heute noch keiner ins Gesicht geschlagen hat, den Mund aufmachen.

Wir haben alle Angst vor einander. Und die wenigen, die keine Angst haben, sollte man fortschikken, daß sie das Fürchten lernen.

Wie schön muß es gewesen sein, als man noch vor Tieren Angst haben mußte.

Leiden fühlt sich an wie Legitimität.

Briefe unterschreiben mit dem Namen dessen, an den sie gerichtet sind. Jetzt noch aus ganzem Herzen gemein sein, wie es nur die Feinsten sind.

Unsere Empfindungsfähigkeit ist spezialisiert auf Schmerz. Etwas anderes läßt sich gar nicht empfinden.

Ich muß mir einreden, daß die Wörter, die ich hin-
schreibe, nicht nur beliebige Zweckdienlichkeiten
sind, sondern etwas, was mir in diesem Augenblick entspricht.

Im Papierblütenparadies. Vorkommendes mar-
tern, bis es dich ausdrücken kann. Schutz suchen
jenseits der Entsprechungen. Jetzt ächzen die
Blätter im Wind. Zu meiner Freude.

Ausgefüllt von Bewegungslosigkeit. Überhaupt
Raumschwund. So entkommen der Zeit. Eine
Zeit lang.

Daß er davon gelebt hat, daß andere ihn wahrnah-
men. Jetzt ist Schluß mit diesem Scheinleben.

Ich bin eine abgewählte Regierung, die nicht geht.

Nichts mehr wissen wollen von sich selbst, macht
sofort unsterblich.

Nichts ist in allem das Ausschlaggebende.

Wenn man sich traut zu sagen, mit wem man Mitgefühl hat, ist man schon so gut wie erledigt.

Die Sonne verstummt, über nichts mehr
wächst Gras, Freudentänze der Nachrichten,
Politiker mit Preisschild,
Arien aus Blütenstaub,
Scheiße fressen und Rosen kotzen.
Wer das nicht schafft, soll sich schämen.

Tausend Goldschmiede sitzen herum und hämmern in Ermangelung edleren Materials das nächstbeste Blech.

Ich mag den Ton nicht, das edle Gejaul, das elfenbeinerne Gejammer. Ich schmier Dreck in die Ohren, richtigen Lebensdreck.

Die Nachrichten: Der Libero wird am Knie operiert, zehn Wochen lang nicht spielfähig. Ein

Verteidiger hat sich beim Training die Schulter ausgerenkt. Sechs Wochen lang nicht spielfähig.

Hügelland, das Herbstmoden trägt. Der Regen weckt Farben. Ich bin verloren gegangen. Zum Glück. Fallenden Blättern schreib ich die Biographie.

Ich bin die Asche einer Glut, die ich nicht war.

Konjunktivisch schweifen wie die Möwe im Wind. Das meiste meiden. Wüßte ich, wie. Aus dem Inneren Glanz schürfen. Aber mit leeren Händen. Und ehrlos.

Luftballons verkaufen, aufgeblasen von Verzweiflung. Ich ein Videoclip. Jeder flieht in seine Lieblingswüste. Keiner lacht sich kaputt. An Lyriker ergeht aus Wäldern, die gelernt haben zu schweigen, eine Einladung.

Aufwärts flüstere ich Stufen zu, sie seien Flügel. Alles ist eine Höhle des Vertrauens. Aus dem Mund fließt mir nichts als Segen. Ich bin gebenedeit. Ich habe den himmlischen Knacks. Bei mir gibt's nur Lose zu kaufen, die gewinnen. Ich bin verzweifelt. Zur Seligkeit verdammt. Amen.

Daß ich nichts sein will als diese Empfindung, die sich selber nachsinnt, weil sie untergegangen ist wie die Sonne und eine Regung zurückließ, ein Bild des vergangenen Tages, ein geisterhaftes, das sich selber genug sein will.

Ich bin der Kiesel, der über das Wasser hüpft, und weiß nicht, wer mich geworfen hat.

Nichts mehr, das an etwas anderes erinnert.

Könnte zuweilen der Schein von Dauer entstehen und aussehen wie Zahnschmelz im Licht. Brächten Wörter einen Schirm zustande, der sich am liebsten über Wunden wölbte und bei jedem Glück zerginge. Als wäre mit etwas zu rechnen.

Aber die Gewißheit muß man meiden. Besser, wir taumeln, träumen, reden dahin.

Hätten wir Hüte gegen den Einfall. Wären wir ruhig bis zum Schluß. Wir brennen. Das Feuer zu nähren ist unser Stolz. Der verbrennt nicht.

So ist es nicht getan. Scherben streuen mußt du täglich, und täglich darin spazierengehen und aufsagen, welche Scherben aus welchen Tagen stammen.

Daß die Sonne vom Himmel herunterscheint, ist kaum anzuschauen, ohne auf die blödsinnigsten Gedanken beziehungsweise Hoffnungen zu kommen.

In den Händen deines Feindes enden. Das ist die wahre Dramaturgie. Oder im Besitz eines Achtlosen. Alles, was du gemacht hast, gehört ihm. Du hast nichts mehr und bist auch schon zu schwach, um noch etwas hervorbringen zu können. Du hast verspielt. Früher, in der Spielbank, wenn du verloren hast, hast du geglaubt: 1.) ist das nur auf der Spielbank, 2.) werde ich auch hier noch gewinnen, irgendwann einmal. Inzwischen ist es offenbar: es war nicht nur auf der Spielbank.

Es gibt keine Ungerechtigkeit, weil es keine Gerechtigkeit gibt. Daß es keine Gerechtigkeit gibt, davon kann sich jeder überzeugen. Die, die anders reden, sind dazu von Berufs wegen verpflichtet. Sie leben davon. Aber es ist doch wahrhaft tröstlich zu wissen, daß es Ungerechtigkeit nicht gibt, nicht geben kann. Es ist allerdings höchste Zeit, sich das einzugestehen.

Mein Mund ist schwerer als ich. Mich blendet die Schwärze, die aus mir stammt. Ich lecke mich weiter.

Vorhaben. Sprachgewänder weben gegen jede Kälte der Welt. Die Stirne entflechten. Schmerzreis verbrennen. Leicht sein, als wärst du's.

Du hättest nicht aushalten dürfen. Der schwerste Vorwurf überhaupt.

Ich möchte tauschen mit einem Toten, der leben möchte.

Hätte ich nicht dieses Papier für nichts und wieder nichts, müßte ich die Stirn selbst zerreiben an der Mauer der Unmöglichkeit.

Wir sind ein Geschmier und kennen den Schmierer nicht. Manche nennen ihn Gott.

Der Bahnsteig zählt meine Schritte, wie eine Einladung glänzen die Schienen.

Unsere Klopfgeräusche, universal, noch ohne Antwort. Das macht munter. Stichwort: unendlich. Unversucht nichts. Trainierte Ohren, fromme Ohren. Wer's nicht aushält, schneidet sich die Ohren ab oder gründet eine Religion.

Daß es nichts mehr gäbe als das, was man sieht. Von mir aus noch: jeweils. Darauf möchte ich die gesündeste Religion gründen, die je gegründet wurde. Die Welt ist, was man gerade sieht. Ich bin sicher, daß ich das nicht begründen muß. Daß es genügt, das zu sagen, gehört schon zur Lehre. Die Lehre ist aber diesmal keine. Es gibt nur eine Sage. Genauer: eine Aussage. Ich sage aus, was gerade ist. Das ist das, was ich gerade sehe. Das heißt nicht, daß es keine Vergangenheit gebe. Aber es heißt, die Vergangenheit erscheine nur im Licht der Gegenwart. Es gibt sie kein bißchen als solche. Die Gegenwart entscheidet darüber, was für eine Vergangenheit und wieviel davon ich gerade brauchen kann. *Gerade* als ein Wort der zeitlichen Zuspitzung ist das wichtigste Wort jeder Aussage. Das einzige, was gegen die Gründung dieser Religion vorgebracht werden kann, ist, daß es sie längst gibt und daß sie die einzige Religion ist, der alle Menschen rückhaltlos angehören. Das einzige also, was dem noch hinzuzufügen ist, wäre: die Menschen sollen das gestehen dürfen. Das Aufgehen im jeweiligen *Gerade*. Mir gefällt es, zum Beispiel, gerade zu sagen, daß das Licht mich überschüttet, mich und alles um mich herum, und daß die Lichtflut nichts übrig läßt von allem, was in ihr nicht erscheint. Was nicht jetzt, was nicht in diesem Licht ist, gibt es jetzt nicht. Das heißt nicht, daß es das überhaupt nicht gebe, aber jetzt gibt es das nicht. Und für mich gibt es nur, was es jetzt gibt.

Wer mich ehret, den will ich auch ehren. Mehr ist es nicht. Nie. Dann: Wer mich verachtet, der soll wieder verachtet werden. Sollte! Das klappt einfach nicht.

Im Ekel ruhen, tiefster Punkt, die Schwere feiert sich, ich bleibe genormt, friedlich fließen die Ströme der Flüche in die Höhe.

Hättest du Flügel, du könntest sie nicht heben.

Ich möchte schneller stürzen.

Wer ohne Hoffnung auskäme, wäre gerettet.

Meßmer kam es vor, er klirre. Offenbar hörte das niemand außer ihm.

Obwohl ihm nichts fehlt, fehlt ihm alles.

Man würde gerne aus einer brutal dreckigen Situation in eine kostbare Sprache fliehen. Alles höher sagen, als es ist. Da es doch Schicksal zu sein scheint, sucht man nach besseren Wörtern.

Er kommt sich vor wie eine schwarze Pflanze in einer lichtlosen Nacht.

Ich wäre bereit, glücklich zu sein, liefe herum wie eine Schlagermelodie, wenn nicht diese Rabenschwärze täglich herabschneite und uns eindeckte bis zum Ersticken.

Wir sind nicht die, die wir scheinen. Jeder verstellt sich dem Nächsten zulieb. Auch will er wie andere bleiben. Der Wind wird laut an Häusern, in denen es still ist. Die Kälte klingt auf wärmebergenden Mauern. Wir reden, als ob wir einfach wären. Lieber träumen wir alles, als daß wir es sagen.

Wörterwirrwarr, Schneegestrudel,
Winterschwäche, Hilflosigkeit,
Aberwitz und Unbelehrbarkeit,

weiche Wülste vertrauten Wehs.
Selig vor Überdruß.

Sich strecken müssen aus sich hinaus,
Gebärde. Ekels Befehle. Kein Ziel, aber Grund.
Kürze. Wahn. Selig vor Überdruß.

Man müßte es selber sagen können. Die Gedichte
anderer sind eine Demonstration der eigenen Unfähigkeit, etwas sagen zu können.

Die Wirklichkeit hat mit dem, was über sie gesagt
werden kann, nichts zu tun. Nichts ist so wenig
mit einander kompatibel wie Wirklichkeit und
Sprache. Es sind zwei einander nie berührende
Welten.

Zum Gähnen benutzt der Tod meinen Mund.

Es würde genügen, mit sich selbst übereinzustim-
men, um gesund zu sein. Aber man wäre dann unfähig, etwas wahrzunehmen.

Beeindruckt vom Aufwand für das Überleben, nimmt der Lebenswille ab. Es bleibt, abstrakt: der Wille zur Arbeit.

Daß ich mir das antue, nehme ich mir übel. Wäre ich mir selbst nahe, brächte ich das nicht fertig. Es über sich bringen. Es hinter sich bringen.

Wem gehorch ich immer? So lange schon. Wahrscheinlich schon immer gehorch ich und weiß nicht, wem. Nachträglich wenigstens sollte ich herausbringen, wem ich dann und dann und dann gehorchte, als ich das und das tat. Es war immer Gehorsam. Mir gehorchte ich nie.

Zu beweisen, daß das Leben schön ist, wird mir vielleicht nicht mehr gelingen. Das Gefühl, umsonst gelebt zu haben.

Hätte man doch, als man lebte, gelebt.

Ich taumle von Mal zu Mal, staunend, daß ich nicht falle. Lieg ich nicht längst und glaube, ich stünde noch? Auf dem Spiel?

Fabelhaft, wie lange man stürzt, bis man unten aufschlägt. Das Schlimme, daß man nicht im Stand ist, den Sturz zu beschleunigen. Es dauert einfach zu lange. Die Lächerlichkeit der Beendigungsrituale.

Was nützt es denn, wenn man in einem abstürzenden Flugzeug sitzt, sich einzugestehen, daß man in einem abstürzenden Flugzeug sitzt?

Widersprich nicht, schweig. Tief hinein. Auch ganz innen schweigen. Dann erst schweigt man. Wenn man nicht mehr denkt.

Schau, dein Schatten singt. Sing ihm die zweite Stimme.

S. Kierkegaard (Entweder-Oder I, 236): »Der Unglückliche ist allezeit abwesend von sich selbst, niemals sich selber gegenwärtig.«

Daß er noch lebt, muß er büßen.

Daß du so gebunden bist an dich. Könntest du dich trennen von dir, es käm dir zugute. Man kann sich nicht verhalten, wie es das Beste wäre für einen selbst. Du bist dein Feind.

Ich rase, mich spreizend, in der leeren Schachtel herum, mein Donnern und Dröhnen füllt die Welt. Ich übe Stürze, die ich vermeide. Ich lache mich, um zu überleben, des öfteren tot.

Man muß zu sterben versuchen, als wäre man es nicht selber, der stirbt. Die Welt um den Schmerz betrügen, den sie einem zufügen will.

Sein Ehrgeiz: So lange seine Hände trainieren, bis er sich selber erwürgen könnte.

Die Flügel der Geschichte schlagen unsere Lebensluft. Flügel hat die Geschichte, einen Körper nicht. Sie ist nichts als ein Flügelschlagen.

Vorübergehender, sich manchem mitteilender Glanz. Tendenz Asche.

Das Nichts ist geräumig. Holzgefaßt.

Wir sollten uns unterworfen fühlen, wenn wir auch noch nicht wissen, wem.

Wehre dich nicht. Laß doch dem Nichts seinen Triumph.

Das größte Glück ist es, wenn ich jemanden anrufe und erreiche ihn nicht.

Die Unbeschreibbarkeit der schönen Frauen, die wissen, daß sie schön sind, und die ihre Schönheit noch durch selbstbewußte, also immer glückende Maßnahmen zu steigern vermögen.

Je fais mes adieux.

Abschied. Klingt inzwischen süß. Eigentlich ist es ein Wort wie ein Schlag.

Eine Art Veränderung. Er kann jetzt Leute, die auf ihn zugehen, ohne das entgegenkommende Lächeln erwarten. Und wenn sie da sind, kann er sie ohne jeden Nachdruck an den Schultern anfassen und sie umdrehen und in die Richtung zurückschicken, aus der sie kommen. Ohne alle Dramatik. So sanft, daß bei den Zurückgeschickten kein Widerstand entsteht. Es hat offenbar etwas Überzeugendes, wie er jetzt Kontakt vermeidet. Jahrzehntelang war er das Gegenteil. Er hat immer alles getan, um dem anderen, jedem anderen, den Kontakt mit ihm leicht zu machen. Er hat jede Ansicht geteilt, hat alles Trennende unterdrückt. Er hat geglaubt, er sei nicht berechtigt, einem anderen zu widersprechen. Man sei, hat er geglaubt, nur zur Zustimmung berechtigt. Aufgefordert ist man sowieso zu nichts anderem, das ist ja klar.

Atmen zählt. Da sein
spannt. Du wiegst.
Und träumst. Schweigen
schützt. Du kannst dich sehen.

Elender nichts als Zeit,
immer zu schnell, immer
zu langsam, nie ein
entsprechendes Maß.

Der Schüchterne muß das alles doch gar nicht mit-
machen. Dieses brutale Benennen, zum Beispiel.
Er hat doch ein Recht auf seine zudeckende, ein-
hüllende, nur ahnenlassende Sprache. Das darf
doch genau so sein wie die auftrumpfende Ent-
hüllungsorgie, die selbstgerechte Entdeckerei. Lüge ist alles. Auch das Allesbenennen. Die mögliche
Verkleinerung des Lügenanteils durch eine Genauigkeit, die nicht das Objekt, sondern das Sub-
jekt, nicht das Erlebte, sondern den Erlebenden
vorstellt.

Er wünscht sich eine Tochter. Einfach, daß er, nach ihrem Beruf gefragt, sagen könnte: Schäferin.

Vollkommenheit fällt nicht auf.

Ich habe mir eine Blöße gegeben. Ich rate Ihnen: Geben Sie sich auch eine Blöße oder zwei Blößen. Falls Sie wissen wollen, wie man über Sie denkt, geben Sie sich am besten zwei, drei Blößen, dann erfahren Sie sofort, wie man über Sie denkt. Die Leute müssen einfach das Gefühl haben, daß sie es sich leisten können, über Sie so zu denken. Eben dazu müssen Sie sich mindestens eine Blöße geben.

Die Angst, zuviel von der eigenen Schwäche zu verraten. Das darf man erst, wenn man dann auch wirklich in absehbarer Zeit stirbt.

Es ist immer ein anderes, das zuschlägt, und können's nicht sagen. Was wir nennen, ist es am wenigsten.

Verhältnismäßigkeit, eine Illusion. Erträglich nur die genau spürbare, erkennbare Unverhältnismäßigkeit. Es gibt keine Entsprechung. Mein Interesse beginnt erst da, wo nicht mehr nach Entsprechung getrachtet wird. Ernsthaft die Unverhältnismäßigkeit des eigenen Tuns und Treibens zum Ausdruck bringen.

Mich verbergen
in mir, die Sprache
wechseln, daß ich
mich nicht mehr verstehe.

In der Schwärze selbst. Alle Nachrichten sind bessere Nachrichten als die von uns. Uns gefriert das Mitleid in der Nase. Unsere Tränen sind aus Stein. Ein Herz voller Schmutz hüten wir vor dem Unverständnis der Welt. Wer sich noch an andere wendet, lügt.

Ich habe keinen Ton geerbt. Armut, das unerschöpfliche Erbe. Wir grinsen über jeden Faltenwurf. Uns gehorcht nichts. Wir dienen jedem. Zum Schein. Freiere als uns gibt es nicht. In uns

herrscht nichts. Dann imitieren wir wieder eine
Epoche lang Import. Zum Glück will das Gute
überall herrschen. Wie das Üble auch. Das freut
uns.

In Frankfurt. Auf dem Bahnsteig. Eine Bosnierin.
Als sie bei mir ihr Geldstück abgeholt hat, geht sie
zu dem Herrn, der auf einem der Drahtschalen-
stühle sitzt und die Zeitung nur lesen kann, weil er
das Gesicht und die Zeitung in einen 5-Zentime-
terabstand bringt. Sie hält ihm den Zettel hin wie
mir, sagt ihren Spruch, aber er sofort: Machen Sie,
daß Sie fortkommen, oder ich hole die Polizei. Das
ist erstaunlich. Am Geld kann es nicht liegen, der
Herr wartet auf die 1. Klasse wie ich, hat einen
hellbeigen Mantel an, in dem Alpaka oder Cash-
mere vorkommt, und ein feinstes ledernes Akten-
Köfferchen, und an die Sechzig ist er auch schon.
Warum ist ihm seine Ruhe nicht 1 Euro wert? Er
hat eine größere in sich. Und mir hat er gezeigt,
wie man es macht. Und wie man es falsch macht.

Ich möchte wieder so harmlos sein wie ich war, als
ich euch noch nicht kannte.

Verletzte wollen verletzen. Als wären sie dann
weniger verletzt.

Auf den Hieb noch gefaßt, aber da kommt schon
der Stich.
Schrei auf, schlag zu, reiß aus, was wachsen will, tu
weh, sei starr, spitz, zieh zischend durch die
Schreckenskammer Alltag.

Wem werde ich vorgeworfen morgen früh, wer
muß mich erledigen, wen beiß ich vor Schmerz in
seine Metzgerfinger, daß er, bevor er zustößt, auch
noch schreit?

Wahnsinn schönes Wort
Weißglut schönes Wort
Schönes Wort Irrsinn
Schönes Wort Geduld
Anfang schönes Wort
Schönes Wort Ende
Liebe schönes Wort
Schönes Wort Haß.

An meiner Stirn strandet der Wind als Kälte. Meine Stimme wuchs durch Entfernung von euch.

Das Ende könnte so sein: Ein Andrang von allem und sofort. Eine Fülle zum Schluß. Wie nie zuvor.

Den Schrei kultivieren, daß er sich anhört wie Gelächter. Belehrbar scheinen, das lohnt sich. Überhaupt scheinen, daß aus deinem Mund Perlen strömen, wenn du kotzen möchtest. Und du bist der erste, der die Perlen für echt hält.

Seltene Wörter suchen und für sie einen Gebrauch. Beliebt sein in den entlegenen Kammern der Sprache, daß sich, erschiene ich dort, etwas täte.

Wörter, zögert nicht, kommt, bei mir habt ihr zu tun. Ohne euch ist nichts. Mit euch ist nichts, aber nichts als etwas, nämlich Wörtlichkeit.

Die schöne Illusion, daß es für alles einen Ausdruck gebe.

Wenn die Sprache vor allem das ausdrückt, was uns fehlt, ist verständlich, daß sie nur sich selbst entspricht.

Ich beiße in das Lebensbrot, als hätte ich noch immer Hunger. Aus beiden Augen fließt mir ungestümes Naß.

Das Leben, das nie beginnen wollte, stellt sich nachträglich als ein versäumtes heraus.

Ich bin die Karawane und ich bin die Wüste, durch die sie zieht, und ich bin die Schar der Geier, die sich auf den Kadaver, der ich bin, stürzt. Die Entfaltung der Autarkie.

Vor meinem Gesicht hängt ein Gesicht, schwerer als meins.

Draußen sein und leise
den Kopf nicht drehen wie ein Sehender,
tun, als spürtest du nicht,

woran du vorbeigehst. Am meisten
an dir. Ohne zu grüßen.

In Bruchmühlbach-Miesau.

In stählernen Wiesen blühen Bäume aus Stahl, ich
tanze auf Schneiden und mache ein Lyrikgesicht.

Der Wind hat aufgehört. Es ist sehr still. Die
Ohren fangen an zu produzieren.

Im Heizkörper marschiert ein Stiefel durch die
Nacht.

Das Alter ist ein Zwergenstaat, regiert von jungen
Riesen.

Jetzt, ohne Hoffnung, ergreift dich Geschäftig-
keit. Chromatische Raserei. Verregnetes Spiegel-
bild, verzeih. Ich muß verraten.

Mit geschlossenen Augen schau ich zum Fenster hinaus.

Alles, was ich mir sagen kann, ist nichts gegen das, was ich mir nicht sagen kann.